마탄의 사수

마탄의 사수 47

ⓒ 이수백, 2017

초 판 인 쇄 2021년 4월 01일
초 판 발 행 2021년 4월 08일

발 행 인 김명국
책 임 편 집 황수민
제 　 　 작 최은선

발 행 처 주식회사 인타임
출 판 등 록 107-88-06434(2013년 11월 11일)
주 　 　 소 서울시 구로구 디지털로 33길 28, 304호(우림이비지센터 1차)
전 　 　 화 02-2637-4571
이 　 메 　 일 in-time@nate.com

ISBN 979-11-03-31742-3 (04810)
　　　 979-11-03-31704-1 (세트)

정가 8,000원

마 탄 의 사 수

이수백 게임판타지 장편소설

47

INTIME GAME FANTASY STORY

Der Freischütz
Musketeer

INTIME

차 례

Geschoss 1.

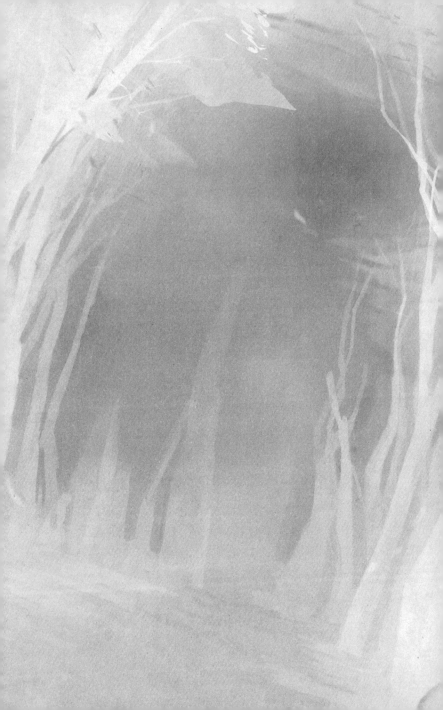

"사라졌어!"

채애애앵—!

"이쪽이야!"

대부분의 인원이 놓칠 정도의 속도였으나 신나라는 놓치지 않았다.

그녀는 자신들을 우회해 들어가려는 브로우리스에게 검을 휘둘렀다.

문제는 브로우리스가 신나라의 검을 총열로 막아 냈다는 것과 눈 깜짝할 사이에 자신들 모두를 우회할 자리에 위치했다는 것이다.

'말도 안 돼. 지금의 내 검을 이토록 쉽게—.'

신나라가 놀라든 말든, 브로우리스는 총열과 방아쇠울에

걸친 그녀의 검을 가볍게 튕겨 내곤 곧장 달렸다.

불행 중 다행이라면 한순간이라도 신나라가 벌어다 준 틈은 짧지 않았다는 것이다.

"〈가이디드 애로우〉!"

"〈홀리 스트라이크〉!"

기정은 브로우리스를 쫓아 검을 휘둘렀다.

하물며 신성력 스킬을 사용한 기정의 공격은 '언데드'로 변해 버린 브로우리스에게는 상성상 최악에 가까웠다.

다만 브로우리스는 옆으로 한 발자국 비키는 것만으로 황소처럼 돌진해 온 기정을 제치며 나아갔다.

모든 공격에는 의미가 있다.

브로우리스를 일순간이라도 옆 걸음 치게 만든 그 순간, 보배의 화살이 브로우리스에게 도달해 있었다.

캉, 카카카캉—!

"코트에 막힌다고?"

보배는 잠시 할 말을 잃었다. 화살 다섯 발은 땅에 떨어져 있었다.

브로우리스가 막을 수 없도록 갖가지 방향에서 쏘아진 다섯 발의 유도 화살이건만, 브로우리스가 코트를 한 바퀴 돌리며 회전하자 모든 공격이 무효화된 것이다.

"흐아아압! 〈인챈트 파이어〉!"

"어떻게든 막아 세워! 〈세인트 아우라〉!"

세이크리드 기사단원들도 각자 지닌 스킬들과 검술을 결합하며 브로우리스를 향해 달려들었다.

그러나 브로우리스는 애당초 그들을 진지하게 상대하지도 않았다.

그는 벽을 향해 달리고 있었다. 냉병기류는 벽에 막힐까 함부로 휘두르기 힘들다.

물론 세이크리드 기사단이라면 적절한 합으로 공격을 할 수 있다.

브로우리스가 벽을 타며 그대로 방아쇠만 당기지 않았어도 충분했을 것이다.

"크아악!"

"아, 안 돼— 전하를 지켜야…….."

벌써 한 명의 기사단원이 죽고, 다른 기사단원은 삽시간에 무력화되었다.

예상보다도 너무나 강력한 그의 움직임! 그러나 당황할 시간도 없이 유저들은 다시 달려들었다.

브로우리스의 속도는 늦춰지지 않았다.

처음 문을 박차며 들어온 그는, 순식간에 자신을 향해 달려오는 무리를 벽을 타고 달리며 뿌리쳤다.

즉, 앞에 남은 것은 오직 얼음의 벽뿐이었다.

브로우리스가 망설일 이유는 없었다. 그는 달리며 외쳤다.

"〈황야의 7인〉."

"안 돼!"

"왕을! 왕을 지켜야—."

—, —, —, —, —, —, —…….

7명의 브로우리스는 람화정이 만들어 낸 얼음의 벽을 부술 탄환을 삽시간에 토해 냈다.

얼음은 부서진다는 표현보다 갈린다는 표현에 어울릴 정도로 깎여 나갔다.

귀를 멀게 할 정도로 이어지는 총성이 그치기도 전, 얼음 성채 내부의 인영 두 개는 쓰러진 상태였다.

"람화정 씨! 젠장!"

"〈앙가쥬망〉!"

브로우리스를 어떻게든 붙잡아 보기 위해 기정과 신나라가 스킬까지 사용하며 달려들어 보았지만 브로우리스의 등을 얕게 베어 내는 수준에 그쳤다.

이미 큰 도약으로 거리를 벌리며 다시 벽을 타고 달리는 브로우리스의 코트가 조금 찢어진 게 피해의 전부였다.

문을 박차고 들어와 이 모든 일을 마치기까지 걸린 시간은 고작 8초 남짓.

밖으로 나가려던 그의 발걸음이 우뚝 선 것은 그때였다.

단 한순간도 멈추지 않았던 브로우리스가 조용히 뒤를 돌았다.

람화정이 사용한 〈아이스 캐슬〉이 물로 녹으며 바닥을 적시는 중이었다.

그곳에 있는 잿빛 사체는 두 개였다.

"……환영. 아니, 단순한 환영이 아니군…… 이중 환영인가."

그러나 국왕과 람화정은 아니었다. 심지어 두 개의 잿빛 사체는 모두 같은 모습이었다.

신나라의 뒤에 있던 세이크리드 기사단원 중 하나가 투구를 벗었다.

"이걸 벌써 눈치 깠단 말입니까? 퓌비엘 쪽 사람들이 확실히 개별 능력치가 높긴 높네. 아니, 피로트−코크리 때문에 그런 건가?"

라르크가 손에 쥔 투구를 집어 던졌다.

─브로우리스가 트릭을 간파했어요. 발이 멈췄습니다.

─오케이. 이제 혼란스러울 거예요. 국왕이랑 람화정 씨는─.

─이환 씨와 함께 왕좌 뒤 비밀 통로로 들어간 지 오래죠. 이제 곧 빠져나오게 될 거예요.

프레아의 중계를 들으며 다른 모든 유저들이 안도의 한숨을 내쉬었다.

람화정의 〈아이스 캐슬〉은 뒤가 비어 있다.

그리고 세이크리드 기사단원 중 하나로 위장한 라르크는

신나라가 브로우리스를 잠시나마 멈추게 만들었을 때, 이미 〈검은 사기〉 스킬을 적중시킨 다음이었다.

국왕과 람화정이 더 이상 국왕과 람화정이 아니게 된 순간, 그 '진짜 껍데기'를 가볍게 화장시켜 다시금 국왕과 람화정으로 보이게 만든 건 '환영술사' 이환이었다.

단순한 허상이 아니다.

실제의 인물이 존재했으므로 이환의 스킬은 모두를 속일 수 있었다.

심지어 작전에 대해 미리 들었던 기정조차 람화정이 정말 죽은 줄 알았을 정도였으니까.

그것은 이하나 루거, 키드와 동등한 수준으로 모든 거짓 스킬을 알아차릴 수 있다고 가정한 브로우리스조차 속인 최고 위급 유저들의 스킬 연계였다.

"자, 이제 체크메이트 같은데······."

라르크는 검을 겨눴다. 신나라와 기정 또한 자리를 잡았다. 살아남은 세이크리드 기사단과 보배도 마찬가지였다.

람화연과 라르크가 고안해 낸 함정은 막바지를 향해 가고 있었다.

브로우리스는 분명 공간 잠금을 풀기 위해 움직일 것이다.

그 계획이 실패하면 자신 있는 몸놀림으로 말미암아 국왕을 잡고 빠지려 할 것이다. 그러나 그 두 가지를 모두 실패하게 만든다면 그는 어떻게 행동할 것인가.

궁지에 몰린 암살자는 빠져나갈 수조차 없게 된다.

그가 선택할 것은 싸움뿐이다.

다만 외부로 그를 꺼내는 것은 피해야 한다. 가급적 내부에서 죽여야 하므로 루거의 포격은 금한다.

싸우는 것은 건물 내부에서의 전투도 충분히 가능한 유저들. 여러 스킬이 있었지만 그 싸움에는 이하조차 참가할 수 없었다.

삼총사 중에서도 근접 전투에 특화된 자.

"……키드."

키드가 문 앞에 모습을 드러냈다. 브로우리스와 키드, 두 사람 모두 모자를 벗어 던졌다.

브로우리스는 신나라 측과 키드 측을 양옆으로 바라볼 수 있는 자세였다.

따라서 키드를 제외한 유저들은 잠시 움찔거릴 수밖에 없었다.

"웃어?"

라르크가 웃고 있는 브로우리스를 보며 말했다.

궁지에 몰린 이 상황에서 웃는단 말인가?

그것은 언데드로 되살아난 자신의 게임 속 스승을 보는 키드도 마찬가지였다.

"소장님, 이제 끝입니다. 소장님의 말씀대로…… 소장님을 죽이겠습니다."

"키드, 그때 내 말을 끝까지 듣지 못했군. 내가 하려던 말은 그게 전부가 아니었다."

"무슨 말씀이십니까."

이미 〈크림슨 제코즈〉는 모두 장전되어 있다. 일촉즉발의 상황까지 가더라도 대응할 수 있다.

브로우리스의 움직임이라면 벌써 보지 않았던가. 키드의 머릿속에서 계산은 끝난 상태였다.

"나를 죽여라."

브로우리스는 말했다.

지난번에 미처 말하지 못했던, 자신의 원통함을……

"내가 너희 모두를 죽이기 전에……"

푸화아아아————————ㄱ!

"끄악!"

"뭐, 뭐야!?"

"마기……?"

브로우리스의 몸에서 검은 기운이 뿜어져 나왔다.

새카만 기운은 손에 잡힐 것 같은 물성을 지니고 있었다. 검은 기운은 매우 빠른 속도로 일정한 형태를 이루기 시작했다.

정확히는 브로우리스의 몸을 감싸고 있었다.

유저들이 그것에 대응할 자세를 갖추기도 전, 새카만 기운은 마치 〈공룡화〉 스킬을 사용한 기정처럼 브로우리스의 온몸을 감쌌다.

[속사는 발로 하는 것, 간다.]

브로우리스가 나직한 말과 함께 움직였다.

"알고 있습니다. 〈오버 클릭〉."

키드도 따라 움직였다.

[일시적 동화율 및 두뇌 입출력 강화 신청]

[동화율 100% 유지 플레이 타임: 조건 통과]

[동화율 100% 유지 기간 중 사망 횟수: 0회]

[신청자의 세계관 내 스테이터스 및 레벨, 직업 밸런스: 최상]

[스킬─오버 클릭이 승인되었습니다.]

[동화율 일시 변경, 현재 동화율: 250%]

[미들 어스 시스템 두뇌 입출력 강화율: 800%]

[적정 유지 시간: 1분 40초]

[유지 시간 이상 사용 시, 사용자의 신체에 해를 입힐 수 있으므로 조심하세요.]

[유지 시간의 15% 초과 시, 미들 어스와의 접속을 강제로 종료합니다.]

지난번 〈오버 클릭〉은 동화율 150% 상향이었다. 당연히 그 이후로 성장한 정도는 이루 말할 수 없을 지경이다.

현재 키드는 동화율을 무려 250%까지 상향시킬 수 있었다.

당연히 동화율의 상승과 연동되어 미들 어스의 시스템 두뇌 입출력도 강화된다.

과거 400%였던 시절과 비교하자면 지금은 정확히 두 배.

구플사에 책임 각서까지 제출해야만 사용할 수 있는 게 바로 동화율 100% 수준이며, 현재 이하가 사용하고 있는 단계가 바로 동화율 100%에 비한 입출력 100%다.

바꿔 말하면 현재의 키드는 이하보다 8배 빠른 두뇌 처리가 가능하다는 의미였다.

그것은 미들 어스가 보여 주는 또 하나의 혁신이자 구플 기술의 정점을 증명해 내는 일이기도 했다.

―나를 죽여라, '내가 너희를 모두 죽이기 전에'라고? 브로우리스 소장이 그렇게 말했단 말이야?

―그렇다니까!

"망할 소장 놈……. 역시 감흥 따위를 가지고 있던 게 아니었어."

이하와 기정의 그룹 채팅을 들으며 루거가 구시렁거렸다. 이하는 루거의 말에 딱히 동의하지는 않았다.

과연 브로우리스가 진심으로 그런 말을 한 것일까.

자신의 행동이 모두 통제되고 있다는 건 고급 AI인 브로우리스가 더 잘 알 것이다.

'감정과 기억이 저 정도로 살아 있으니 저렇게 움직일 수 있는 거겠지.'

느껴지는 것은 역시 아쉬움뿐이었다.

—그럼 지금은—.

—어, 어어?! 브로우리스한테서 뭔가— 엥? 공룡화?

—뭐라고? 그게 무슨 소리야?

—브로우리스 소장의 몸에 마기가 뒤덮였어요! 암 속성 정령들이 달아나려고 하다니……. 토온보다 무섭다며 다들 달아나요!

—오와아아아악! 혀어어엉!

—어떻게 된 거야? 프레아 씨! 기정아! 대답해!

브로우리스의 새로운 각성 형태는 그에게 붙여 놓았던 어둠의 정령들을 모두 달아나게 만들었다.

더 이상 중계가 불가능해진 프레아를 대신하여 이하는 기정에게 물었으나, 기정도 말할 처지는 아니었다.

—말도 안 돼. 지금— 무슨 일이 벌어지고 있는지도 모르겠어요. 나한테도 안 보이다니—.

—형! 뭔가 위험해! 키드 씨가 뭐라고 한마디 하더니 지금 이 방에서……. 브로우리스와 키드의 모습은 사라진 채— 크악!

—보배와 저한테도 둘의 모습이 아예 잡히질 않아요. 하지만…….

—마스터케이 씨! 방패 들어요! 지금 두 사람은 '안 보이는 채로' 싸우고 있다고! 다들 마스터케이 씨의 방패 뒤로 갑시다, 얼른!

보배와 기정, 신나라와 라르크가 마구잡이로 떠들어 댔다. 이하는 잠시 상황을 이해할 수 없었다.

보이지 않을 정도의 속도?

'궁귀 보배다. 눈이라면 나나 루거에 결코 못지않아. 하물며 나라 씨한테도?'

보배는 이하나 루거와 유사한 수준의 눈을 지니고 있다.

신나라는 머스킷티어가 쏘는 쇠구슬 탄환조차 자신의 검에 꽂아 버릴 수 있을 정도로 빠른 동체 시력을 지니고 있다.

그런 두 사람이 찾을 수 없을 정도의 속도라니?

'그런 일이 가능하다고? 저 라르크가 당황해서 숨자는 말밖에 못 하는 사태가 벌어질 수 있단 말이야?'

이하는 갑자기 섬뜩한 느낌이 들었다.

CCTV에 녹화되었던 그 장면들, 브로우리스의 말도 안 되는 움직임은 〈블링크〉나 〈텔레포트〉에 준하는 공간 이동 기술만이 아니었다.

'직접적인 움직임도 섞여 있었던 거란 말이야?'

그것만으로도 충분히 황당한데, 키드는 그것에 반응하고 있다고?

내부에 함께 있는 유저들도 파악하지 못한 일을, 멀리서 전해 듣기만 하는 이하가 알 수는 없었다.

그러나 루거의 표정은 어두워져 있었다.

"망할……. 키드 놈, 결국 그걸 쓴 건가."

"응? 아는 거 있어, 루거?"

"대충…… 알고 있다."

"뭔데? 어떻게 된 거야?"

루거는 입술을 깨물었다.

키드가 이하에게 말한 적이 없으므로 이하가 스킬 〈오버 클럭〉에 대해 알 수 없는 건 당연했다.

그러나 루거는 달랐다.

그는 키드에게 그 이야기를 들은 적이 있다.

자신이 지닌 스킬 중에 무엇이 있고 또 그 스킬의 '반작용'이 어떻게 되는지에 대한 이야기를, 자세하지는 않아도 분명히 서로 나눈 적이 있었다.

"······별로 좋지 않은 상황이라는 거지."

"아니, 그건 나도 알 것 같은데! 뭐가 좋지 않은 상황이냐고!"

이하의 재촉에도 루거는 답하지 않았다. 그의 목소리는 매우 낮고 느렸다.

그가 말하지 않은 것은 키드에 대한 일종의 의리였다.

루거가 키드에게 설명을 들을 수 있었던 이유가 무엇이었던가.

그것은 '남겨진 자'들이 일종의 연합을 한 적이 있기 때문이다.

—하이하는 벌써 [신화급]입니다. 당신은 그 비밀을 풀 생각이 없는 겁니까.

—하! 웃기지도 않는군. 나야 이미 실마리를 다 찾았지. 키드 네 녀석이야말로 꼴찌가 될 준비나 해라.

—나 또한 실마리를 찾았습니다. 그러나 그 실마리에서 한 발자국 나아가는 일을······ 서로 못하고 있는 것 아닙니까.

당시 루거는 말을 잇지 못했다.

키드의 말은 언제나 정곡을 찔렀고, 그가 말하고자 하는 뉘앙스를 느꼈기 때문에 굳이 평소처럼 반박할 필요를 느끼지 못했던 것이다.

―손을 잡자고?

―이번 한 번만입니다.

―튀, 네 녀석이 마음에 들지 않는 건 여전하지만…… 나보다 앞서 나간 새끼가 있다는 게 더 마음에 안 들지. 좋다.

그들은 손을 잡았다.

두 사람이 거의 동시에 [신화급] 총기를 지니게 된 이유가 바로 그 때문이었다.

한발 앞선 하이하를 쫓기 위해 뒤처져 있던 루거와 키드가 힘을 합했던 잠깐의 시절, 두 사람이 나눴던 이야기들을 그 당사자인 하이하에게 말해 주어야 하는가.

그러나 깊게 생각할 여유는 없었다.

람화연은 루거를 똑바로 바라보며 채근했다.

"좋지 않은 상황이라뇨. 루거 씨, 아는 대로 말씀해 주세요. 브로우리스를 반드시 처치해야 한다는 건 당신도 잘 알고 있잖아요!"

람화연과 라르크의 계획은 이곳에서 끝나는 것이었다.

신나라와 보배, 기정, 라르크, 키드가 힘을 합해 브로우리스를 빈사 상태에 가깝게 만들거나 죽이는 게 첫 번째, 혹여 빠져나오더라도 중상 이상의 부상을 입은 그를 이하와 루거의 공격으로 처리하는 게 두 번째이자 마지막 방법이다.

이하와 루거가 현재 대기 중인 성벽 위는 혜인이 있었던 좌측 첨탑뿐 아니라, 중앙궁의 정문도 곧바로 보이는 지점인 이유가 바로 그것이다.

"만약 저기서 브로우리스를 잡지 못하면 우리는⋯⋯."

브로우리스의 [마기魔氣 각성] 따위는 예상하지 못했다.

만약 일이 잘못되기라도 한다면?

신나라의 눈에도 보이지 않을 정도의 브로우리스가 중앙궁을 빠져나와 국왕을 찾아내거나 또는 왕자들이 있는 곳으로 들어가 둘을 모두 죽일지도 모른다.

"미끼를 이용해 함정을 판 게 아니라, 적의 입에 우리 보물을 쑤셔 넣어 준 꼴이 돼요."

"나도 알고 있어. 하지만 키드가 저렇게 움직였다면 그 외의 방법은 없다는 거다."

"어째서 그게 그렇게 되는 거냐고!"

―크으, 내부에서 탄환이 튀기는 건 없어진 것 같은데? 어떻습니까, 마스터케이 씨!

―그런 것 같아요. 공기의 흐름도 멈췄고⋯⋯.

―그럼? 조금 전까지 여기서 싸우던 사람들은 어디로 간 건데요?

후우우우―――――――!

라르크와 기정의 그룹 채팅이 들릴 때쯤 퓌비엘 중앙궁 인근에서 바람이 불었다.

그 바람이 성벽 위까지 도달하기도 전, 이하와 루거에게도 엄청난 굉음이 들렸다.

"우아아악!"

"두 사람이 싸우는 게 이런 수준이니까 방법이 없다는 거다, 완전히 미친 수준이군!"

아무리 연음連音이라고 해도 그것은 도저히 총성이라고 생각하기 어려울 정도의 소음이었다.

"둘이 싸우는 게 어지간한 전쟁터보다 시끄러운데?"

브로우리스와 키드 오직 두 사람은 몇천 명이 동원된 전쟁터에서 날 법한 소음을 만들어 내고 있었다.

하아, 하아.

온몸이 뜨겁게 달아올랐다.

무엇보다 달궈진 몸보다 더욱 뜨거운 머리는 어떻게 되고 있는 것인가.

특정 온도 이상의 열은 두뇌 활동을 느리게 하고 뇌세포를 죽인다는 것을 키드도 잘 알고 있었다.

하지만 지금의 뜨거움은 그것과는 조금 다른 차원의 것이었다.

'미들 어스의 기술이 이렇게까지 구현되는 겁니까.'

지금의 열은 온몸의 세포를 느끼고 있기 때문이다.

현실에서조차 한 번도 느껴 보지 못한 '초감각' 상태였지만 키드는 재빠르게 이런 상황에 적응할 수 있었다.

치명적인 반작용을 감수하면서까지 〈오버 클럭〉의 숙련도를 높인 덕분이었다.

'그럼에도 이 정도 수준의 극단적인 경험은 처음입니다.'

단순히 손가락을 움직이는 게 아니다.

검지의 한 마디를 움직이는 그 이상으로 통제할 수 있다.

키드는 지금 검지 한 마디에 있는 세포 하나, 하나가 느껴진다는 착각이 들 정도였다.

게다가 자신이 통제할 수 있는 건 단순히 신체뿐만이 아니라는 것은 더욱 놀라운 점이었다.

'다 알고 있습니다, 소장님.'

키드는 브로우리스의 모습을 볼 수 있었다. 아니, 보이는 정도가 아니라 그의 움직임을 읽어 낼 수 있었다.

과거 〈오버 클럭〉을 사용해 본 드래곤을 무력화시킨 적은 있었지만, 그때와 지금은 명백히 다르다.

지금 둘의 싸움은 자신의 속도에 반응하지 못하는 몬스터를 두들기는 것과는 차원이 다른 경합의 연속이었다.

'0.3초 후 좌측으로 뛰는 순간—.'

타————아——아—앙……!

자신의 숨소리 외에 유일하게 들리는 것은 총성뿐이었다.

키드는 날아오는 탄환을 보고 있었다.

얼굴까지 닿으려면 아직 시간이 있다. 키드는 가볍게 고개를 돌리는 것만으로 그것을 피하곤 그대로 오른손의 〈크림슨 게코즈〉를 들어 올려 브로우리스에게 쏘아 냈다.

진홍색의 리볼버는 타오르는 불길을 내뿜었다.

탄환도 일반 탄환이 아니다. 화 속성 데미지가 추가로 부여된 탄환은 말 그대로 불길이었다.

오른손의 크림슨 게코즈를 한 손으로 전부 쏘아 낸 후, 그대로 허리춤에 꽂은 키드는 오른손을 왼손 방향으로 가져갔다.

그리고 패닝Panning!

공이치기를 이용하여 단순히 한 손만 이용하는 것보다 월등히 빠른 [속사]를 토해 냈다.

날아가는 탄환은 방사형을 갖췄다.

탄환 하나하나가 병력인 것처럼, 진형을 갖추고 전술을 사용한다는 느낌을 받을 정도였다.

흥분되는 상황이었지만 키드는 침착했다.

브로우리스가 그러한 공격들을 전부 피하며 자신에게 받아치고 있었기 때문이다.

두 사람 모두 재장전에 드는 시간은 일반적인 초시계로 잴 수조차 없는 수준이었다.

순식간에 장전된 리볼버들을 다시금 토해 내는 키드.

그럼에도 브로우리스는 그것들을 피하고 있었다. 엄밀히 말하면 피하는 정도가 아니었다.

브로우리스의 탄환도 쉬지 않고 날아왔다.

공기층을 깨뜨리며 날아오는 작은 탄두였지만, 스치기만 해도 엄청난 위협이 된다는 것은 분명했다.

키드는 나름대로 여유가 있다고 생각했으나 브로우리스의 여유는 자신의 것보다 한 등급 높다는 걸 인정해야 했다.

서로 몇 발을 주고받았는지 알 수 없는 시점에서도 아직 라르크는 기정의 방패 뒤에 도달하지 못한 상태였다.

브로우리스는 그때 이미 밖을 향하고 있었다.

'나를 유도하고 있는 겁니까.'

〈오버 클릭〉의 제한은 고작 1분 40초다.

1분 40초를 그대로 지켜도 성능이 향상된 만큼 반작용은 강할 것이다.

만약 1분 40초를 넘는다면? 초과 유지할 수 있는 것은 고작 15%.

기준 시간의 두 배까지 버틸 수 있었던 과거에 비하면, 극단적으로 줄어든 초과 유지 시간이 이번 스킬의 위험성을 나타내는 점이나 다름없다.

'결국 최장 1분 55초가 전부라는 뜻. 아니, 애초에 초과 유지 시간까지 가는 것 자체가 위험합니다.'

그것은 더 이상 반작용이라고 부를 수 없을지도 모른다.

'그렇다면 더 이상 여유 따위는 없습니다!'

브로우리스는 밖으로 나가려 한다. 그를 놓쳐선 안 되는 걸 누구보다 잘 아는 사람 중 한 명이 바로 키드다.

개방된 공간으로 나가면 저 속도를 따라가기 벅찰지도 모른다.

하물며 자신은 시간제한도 있다.

무조건 실내에서 끝내야 한다고 생각했지만, 그것은 역시 욕심일 뿐이었다.

당연한 일이었다.

상대할 수 있는 유저는 자신 혼자뿐이지 않은가.

브로우리스에게 모두가 덤벼들어 싸워도 될까 말까였다.

'첫 번째 관문에서 소장님이 쓰러질 확률은 라르크의 낙관적인 계산으로 60%, 람화연의 비관적인 계산으로 33% 수준이 전부였습니다. 밖에서 기다리는 하이하와 루거를 더해야 두 사람의 평균이 겨우 50% 남짓에서 그들에게 기대는 건— 아니, 하이하라면······.'

혹시 자신과 브로우리스를 볼 수 있지 않을까. 그러나 키드는 곧장 고개를 저어 잡념을 털어 냈다.

브로우리스의 탄환이 공기를 찢고 나아가며 뿜어지는 열기가 자신의 콧방울에 느껴질 정도로 날카로운 공격이었다.

키드가 하이하와 루거에게 자신감을 내보일 수 있었던 것은 역시 〈오버 클릭〉 때문이었다.

공간 이동만 못 하게 막는다면, 〈오버 클럭〉을 통해 압도적인 스피드로 브로우리스를 처리할 수 있다는 생각이 들었기 때문이다.

'하이하라도 불가능한 일입니다. 이번 일은…… 내가 처리하는 수밖에 없습니다.'

자신의 생각이 틀렸음을 인정하는 것은 어려운 일이다. 그리고 키드는 바로 그러한 일을 할 줄 알았기에 지금의 자리까지 올라간 인물이다.

최상위급 랭커조차 인식할 수 없는 공방전과 함께, 키드와 브로우리스가 전투를 시작하고, 국왕이 있던 왕좌의 방에서 중앙궁 밖으로 나오기까지 걸린 시간은 고작 13초였다.

〈오버 클럭〉을 유지할 수 있는 기본 시간은 이제 1분 20초 남짓이다.

그 안에 브로우리스를 죽이지 못한다면 자신은 자살 처리와 함께 로그아웃될 것이다.

브로우리스가 [마기 각성]을 얼마나 더 유지할 수 있는지 알 수 없다.

자신이 죽는다면 남은 모든 유저가 덤벼도 브로우리스를 막을 수 없을 것이다.

키드는 문득 우스운 생각이 들었다.

'이런 걸 쓸 수 있었다면……. 최초 암살을 시도했던 그날, 퓌비엘 왕가의 모든 핏줄을 쓸어 버릴 수 있었을 겁니다.'

그럼에도 브로우리스가 하지 않았던 이유는?

마왕의 조각 또는 현재 마왕군의 총지휘자가 '시킨 일' 이상을 처리하지 않으려 했던 것일까?

그게 아니라면…… 아직도 퓌비엘 왕가를 받드는 퓌비엘의 옛 영웅의 한 사람으로서의 면모가 남아 있기 때문일까.

현실적으로 보자면 [마기 각성]에 특별한 페널티가 있다고 보는 게 옳았다.

그럼에도 키드는 조금쯤 감상에 젖어 들었다.

─, ─, ─, ─, ─, ─, ─!

그것은 그의 각오가 이제 끝났기 때문이었다.

"소장님."

키드는 브로우리스가 자신을 바라보고 있음을 깨달았다.

이미 온몸은 물론 얼굴까지 새카맣게 물들어 버렸으므로 더 이상 아무런 표정도 볼 수 없었지만, 키드는 그가 어떤 눈빛을 띠고 있을지 상상할 수 있었다.

[키드.]

두 사람이 전투를 시작한 지 20초가 되었다.

중앙궁 앞에서 두 사람이 날뛴 것은 고작 7초였으나, 두 사람을 제외한 이하와 루거 그리고 람화연 등은 성벽 위에서 고개조차 들 수 없는 정도로 무수한 탄환들이 오간 시간이었다.

키드는 선택해야 했다.

남은 1분간 죽기 살기로 싸워 볼 것이냐.

이 경우 자신만 죽고 브로우리스는 살아 나갈 가능성이 더 높다.

이게 계속된다 해도, [신화급] 〈크림슨 게코즈〉를 쥐고 있다 해도 브로우리스를 1:1로 이기는 게 어려울 것이다.

그렇다면 남은 1분은 어떻게 써야 하는가.

"이게 당신과의 마지막입니다."

도박에 걸어 보는 수밖에 없다. 키드는 브로우리스를 향해 달렸다.

그가 고개를 드는 순간 그는 조용히 읊조렸다.

"〈홀덤Hold'em〉."

"……뭐야, 갑자기 조용해졌는데?"

"어, 어떻게 된 거지?"

"키드 씨!? 대답하세요! 프레아 씨, 키드 씨의 위치는—."

—확인…… 불가. 키드뿐만이 아니라 브로우리스의 기운도 정령들이 느끼지 못하고 있습니다.

프레아의 추가 설명은 필요하지 않았다. 이하와 루거는 이미 키드와 브로우리스 두 사람이 사라졌음을 느끼고 있었다.

한순간에 지워진 총성을 설명할 방법은 그것밖에 없었으니까.

브로우리스는 손을 꼼지락거리며 주변을 둘러보았다.

　퓌비엘 남부에 위치한 치안 불량의 작은 마을, 데드우드의 일부분처럼 보이고 있었으나 이곳은 실제로 데드우드가 아니었다.

　[……움직임에 제한이 있는 아공간 형태의 마법이라……. 배경은— 데드우드인가.]

　"맞습니다. 이곳에선 설령 드래곤이라 할지라도 제게 힘을 쏠 수 없습니다."

　말이 끝나기 무섭게 브로우리스는 키드를 향해 방아쇠를 당겼다.

　이어지는 총성과 함께 순식간에 탄환이 쏘아져 나갔으나 키드는 제자리에서 한 발자국도 움직이지 않았다.

　그를 향해 날아오던 탄환은 모두 증발했다.

　[훌륭하다.]

　브로우리스의 목소리가 진심임을 키드는 알 수 있었다. 그는 브로우리스를 향해 간단히 목례하는 것으로 감사 인사를 대신했다.

　[그럼 이곳으로 나를 끌고 온 이유를 말해 주겠나. 내가 힘을 쓸 수 없다면 키드 자네도 나에게 힘을 쓸 수 없을 텐데.]

　이번엔 키드의 차례였다.

〈크림슨 게코즈〉에서 불덩어리들이 튀어 나갔지만 그 역시 총구를 벗어나기 무섭게 모두 증발하여 사라졌다.

브로우리스는 역시나, 하는 감탄과 함께 고개를 끄덕였다.

이곳은 키드의 스킬로 만들어진, 미들 어스 내부이면서 동시에 미들 어스와 연결되지 않은 곳이었다.

키드가 만들고 키드가 통제할 수 있는, 특정 목적을 달성하기 위해 설계된 제한적인 공간. 당연히 키드가 설정해 둔 '방법'은 하나뿐이었다.

"이곳에서 할 수 있는 것은 그것밖에 없습니다."

[총기가 이곳에 있는 게 바로 그 목적이겠군. 듀얼Duel…… 퀵 드로우Quick Draw인가?]

두 사람의 사이에 있는 테이블에는 총기가 한 정 올려져 있었다.

그간 키드가 스킬을 사용해 이곳으로 끌고 온 유저 또는 NPC들은 대부분 해당 총기를 사용했지만, 지금은 그럴 필요가 없다.

"그렇습니다. 보통이라면 그 총기가 필요하겠지만……. 이런 날이 올 줄은 몰랐습니다."

총기를 다루는 자와 함께 이곳으로 올 줄은 키드조차 예상치 못했던 것이었다.

브로우리스는 잠시 테이블을 지켜보다 다시 키드를 보았다. 당연히 그가 새로운 총기를 집는 일은 없었다.

[방법은?]

그 순간, 두 사람이 서 있던 장소에서 얼마 떨어지지 않은 장소에 선이 그어졌다.

이곳은 특정 종목과 특정 방법으로만 서로 '대결'할 수 있는 장소다.

빨간 선과 파란 선, 그것이 가리키는 바는 명확했다.

브로우리스는 별다른 말 없이 빨간 선으로 향했다. 키드는 파란 선으로 향했다.

두 사람은 마주 보고 있었다.

다만 이토록 움직임이 제한되고 외부와 단절된 공간에서 스킬 시전자가 정한 종목과 방법으로 대결하는 것은, 스킬 피격자에게 불리한 조건일 수밖에 없다.

그것이 바로 키드가 사용한 스킬명이 〈듀얼〉이 아니라 〈홀덤〉, 도박의 일종인 이유였다.

시전자가 원하는 종목과 방법을 설정하되, 그 페널티를 감수해야만 하는 것.

[……진심인가, 키드.]

"어쩔 수 없습니다."

그것은 브로우리스가 걱정스레 물을 수준의 행동이었다.

조금 전까지 브로우리스와 키드는 마주 보고 있었다.

그러나 지금은?

키드는 브로우리스에게 등을 보였다.

두 사람은 '같은 방향'을 바라보고 있는 모양새였다.

　　키드가 이곳에서 감수해야 하는 페널티는 바로 뒤를 돌아 시작하는 것이었기 때문이다.

　　'거리는 25feet, 약 7.62m……. 초심자라면 등을 보여도 맞추기 어려운 거리입니다.'

　　드래곤과 싸울 때도, 파이로와 싸울 때도 모두 같은 조건이었다.

　　7m 남짓 되는, 가깝다면 가까운 거리에서 그들은 모두 자신감을 보였다. 그러나 그들은 모두 실패했다. 당연한 일이었다.

　　총기를 제대로 다뤄 본 자라도 소총이 아닌 권총으로 움직이는 타깃을 맞히는 건 결코 쉬운 일이 아니다.

　　바로 그 점이 조금 전까지 키드로 하여금 스킬을 사용하기 어렵게 만든 이유였다.

　　브로우리스는 초심자도 아니고, 권총을 사용해 본 경험이 없는 자도 아니다.

　　'내가 몸을 돌리기도 전, 나의 몸에 10발 이상의 탄환이 박힐 가능성이 있습니다.'

　　심지어 그의 특성은 [속사].

　　미들 어스를 통틀어 브로우리스의 실력에 대해 가장 잘 파악하고 있는 유저는 바로 키드 자신이지 않은가.

　　휘익—!

두 사람이 밟고 있는 지면에 원이 그려졌다.

회피는 하되, 해당 원의 경계 밖으로 나가선 안 된다는 설명에 브로우리스는 아무런 답변도 하지 않았다.

어차피 등을 보이고 있는 데다, 마기로 뒤덮여 있으므로 그의 모습을 볼 수는 없다.

그러나 키드는 브로우리스의 침묵만으로 그의 표정을 읽어 낸 기분이었다.

[죽기로 결심했군. 시간의 흐름이 다를지언정 이곳에서도 분명 시간은 흐르겠지. 키드, 자네가 죽는 순간 아공간이 해지되며 내가 밖으로 튕겨 나가길 기다리는 건가. 이하 군과 루거 군이 그곳에 있을 거라, 자네의 복수를 대신 해 줄 거라 생각하는 건가. 내가 자네를 그렇게 가르쳤던가.]

브로우리스는 목소리는 꽤 격양되어 있었다.

키드는 잠시 움찔했다.

"망상이 지나치십니다, 소장님."

저런 모든 기억이 다 있단 말인가.

이 순간에 와서 자신의 교육법을 말할 정도로 기억이 있단 말인가.

그럼에도 자신의 행동을 통제할 수 없어, 오래 몸담았던 퓌비엘의 왕족을 살해하고 제자들에게까지 총구를 겨누어야 하는가.

브로우리스의 말을 들으며 키드의 머릿속에 떠오르는 건

하나뿐이었다.

'피로트-코크리……. 당신만큼은 꼭 내 손으로 없애야겠습니다.'

미들 어스라는 즐거운 게임에서 고약한 기억을 만들어 낸 존재, 그것에 대한 복수심이 더욱 끓어올랐다.

무엇보다 더 시간을 지연시킬 수 없었다.

스킬의 기본 지속 시간이 있다.

"무엇을 걸고 무엇을 받고 싶습니까. 이곳은 단순히 목숨만 주고받는 자리가 아닙니다. 패배했을 경우 내놓아야 할 조건도 붙어 있습니다."

이제 게임을 시작해야 한다.

그 마지막은 역시 도박의 보상에 관한 것이었다.

패배한 자는 목숨을 잃는다. 승리한 자는 자신의 목숨만 챙겨 가야 하는가? 그럴 리가 없다.

패배한 자에게서 원하는 것을 얻을 수 있다.

그리고 이 경우 브로우리스가 원할 만한 것은 하나뿐이었다.

[무모한 자에게 더 이상 게코즈를 맡길 순 없지. 내가 이기면 〈크림슨 게코즈〉를 받아 가겠다.]

키드는 예상했다는 듯 고개를 끄덕였다.

그럼 자신이 이겼을 경우 브로우리스 소장에게서 받을 수 있는 것은 무엇일까.

그것 또한 하나뿐이었다.

"[속사]가 지닌 모든 것을 받아 가겠습니다."

[모든 것?]

"그렇습니다."

키드의 〈크림슨 게코즈〉에서 화 속성의 탄환이 나가는 이 유였다.

파이로와의 홀덤에서 키드는 '공격 시 화 속성 부여 옵션'을 빼앗아 왔기 때문!

키드의 말을 들으며 브로우리스는 잠시 말을 잃었으나 그는 곧 고개를 저었다.

[내가 너에게 줄 것은 이름밖에 없다.]

더 이상 [속사]의 이름으로 사용할 수 있는 추가 스킬 따위가 없다는 얘기였다. 이미 2차 전직까지 마친 키드였으므로 어찌 보면 당연한 일이었다.

브로우리스의 답변에도 키드는 특별히 당황하지 않았다.

그것은 키드 자신도 알고 있는 일이다.

"그거면 됩니다."

[나의 이름을 받아 가겠다고.]

그럼에도 키드가 내기 보상으로 이것을 선택한 이유는 따로 있었다.

"더 이상 [속사]의 이름을 더럽힐 수는 없기 때문입니다."

브로우리스는 답하지 않았다.

키드 또한 추가 설명을 붙이지 않았다. 그럴 필요도 없었다. 모든 조건이 결정되었다. 대결의 준비는 끝났다.

이제 오고 가는 건 말이 아니다.

두 사람에게 주어진 탄환뿐.

[유지 시간 이상 사용 시, 사용자의 신체에 해를 입힐 수 있으므로 조심하세요.]

[기준 시간 종료까지 남은 시간: 8초]

"토스하겠습니다."

브로우리스의 답변을 기다리지 않았다. 키드는 작은 코인 하나를 쥐고 그것을 자신의 뒤편을 향해 던졌다.

사람 한 명 없는 스킬 속 데드우드에서, 7.62m 간격을 둔 두 사람의 중앙으로 코인은 날아갔다.

두 사람은 여전히 같은 방향을 바라보고 있었다.

포물선을 그리던 금화가 땅에 닿기까지 걸린 시간은 약 3초.

두 사람은 서로를 마주 보았다.

타다앙————……!

총성이 울렸다.

Geschoss 2.

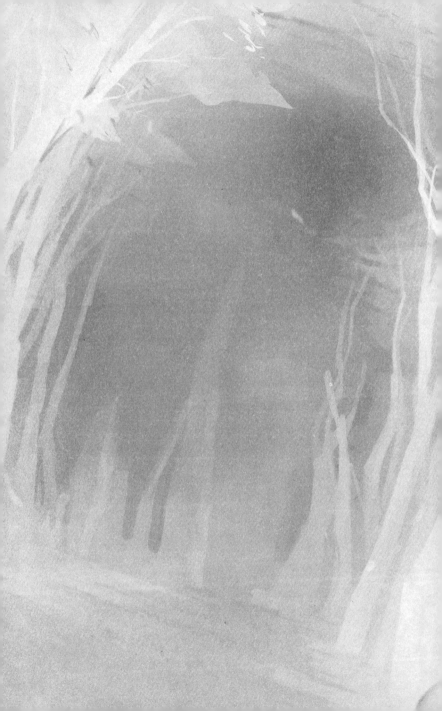

　—생각할 수 있는 건 아공간과 관련된 스킬일 거예요. 하지만 아직 저도 배우지 못한 스킬 중 하나인데……. 그걸 머스킷티어가 배웠다고 인정하기는 어렵군요.

　—아마 '머스킷티어' 관련 스킬은 아닐 거예요. [속사] 쪽에서 배운 것일 리도 없고…….

　혜인의 그룹 채팅에 이하가 답했다.

　루거도 어렴풋이 같은 생각을 하고 있었다. 이것은 [속사]나 〈크림슨 게코즈〉와는 다른 종류의 스킬이다.

　만약 가능성이 있다면 하나뿐이다.

　이하나 루거와 달리 키드는 '여러 종류의 것'을 배우는 2차 전직을 했었으니까.

"데스페라도⋯⋯. 그것인가."

"얼핏 들은 것 같기도 해. 무슨 뭐, 도박 용어 비슷한 걸 많이 썼으니까. 그리고 무법자 하면 원래―."

"술과 도박⋯⋯. 그리고 결투겠지."

"그러니까."

이하와 루거의 추리는 거의 정답에 근접해 있었다.

도박과 관련된 특정 스킬을 사용했고, 두 사람이 현재 '도박'을 하고 있는 중이라는 것.

람화연도 그렇게밖에 해석할 수 없었다.

―그럼 일단 나가야 하나? 어차피 왕도 여기 없는데 우리가 괜히 여기 있을 필요도 없을 것 같고⋯⋯.

―그렇지만 나간다 해도 할 일이 없죠. 그들이 언제 돌아올지도 모르는데 괜히 움직였다가⋯⋯. 이하 씨와 루거 씨의 원거리 공격에 방해만 될지도 몰라요.

왕좌의 근처에 기대고 선 기정과 신나라도 당장 무언가를 할 수는 없었다.

엉거주춤한 자세로 불안해하는 두 사람과 달리, 라르크는 아예 바닥에 주저앉은 상태였다.

―뭐, 그것도 그거지만~ 브로우리스가 그 말도 안 되는 속

도로 다시 이곳까지 올 가능성도 생각해야죠. 왕자들 쪽을 노리지 않는다고 가정할 때, 그가 다시 온다면 왕좌 뒤에 있는 이 비밀 공간 루트를 뚫기 위해서 올 테니까. 람화정 씨와 이환 씨가 같이 있다지만 브로우리스는 못 막을 거 아녜요.

그는 자신이 할 일을 명확히 규정해 놨기 때문이다.

아공간에 들어간 브로우리스를 쫓을 수도 없다. 쫓아 봐야 반응조차 할 수 없다.

그렇다면 차라리 '개구멍' 하나라도 완벽하게 틀어막는 게 나을 것이다.

—너. 싫어.

—바꿔 말하면 브로우리스가 아공간인지 뭔지 그곳에서 풀려났을 때 처리할 수 있는 건…… 두 사람뿐이라는 거지. 할 수 있죠? 거기, 두 사람.

람화정의 틈새 공격에도 개의치 않고 라르크는 말했다.

특별히 누군가를 지칭하지도 않았으나 그룹 채팅을 듣고 있는 모두가 이해할 수 있는 말이었다.

람화연도 이하와 루거를 보았다.

"한순간도 채 되지 않을 거야. 돌아왔다는 어떤 시그널이 있을지, 없을지도 몰라."

빛이 번쩍하며 나타나는 게 아니라, 물 흐르듯 자연스럽게 어느 순간 돌아와 난동을 피울 가능성도 있다.

그 찰나의 순간을 포착하여 저격할 수 있겠느냐.

람화연의 물음을 들으며 루거의 목울대가 울렁거렸다.

"이미 준비 중이었어. 하이하 놈이 맞히지 못하더라도 내가 한다. 어차피 소장이 그런 움직임을 보이는 이상, 점으로 맞추는 건 불가능할 테니까."

폭발의 범위 안에만 든다면 충분히 가능하다.

이하가 왕궁에서 〈하얀 죽음〉을 쓰는 성향이 아니라는 걸 알고 있었기에 루거의 책임감은 더욱 가중될 수밖에 없었다.

"실제로 공격에 성공한 건 나밖에 없기도 했지."

꿀꺽, 마른침을 삼키며 루거는 〈코발트블루 파이톤〉을 들어 올렸다.

마지막으로 브로우리스가 사라진 자리를 그는 완벽하게 기억하고 있다.

곤충이라도 한 마리 그곳을 지나간다면, 그는 주저 않고 방아쇠를 당길 것이다.

"루거, 긴장했구만? 답지 않게."

매의 눈을 뜨고 있는 루거의 어깨에 손이 툭, 올라갔다.

"끄악! 이 자식이, 갑자기 놀랐잖아! 기, 긴장은 누가 했다고―."

"평소보다 말이 많은 것만 봐도 알 수 있어. 그냥 평소처럼 해."

이하는 루거의 어깨를 두드려 주었다. 당연히 그런다고 긴장이 확 풀릴 리는 없다.

루거는 이하의 손을 쳐 내곤 다시 브로우리스가 사라졌던 자리를 겨눴다.

"장난하는 건가? 평소처럼 했다가 소장을 끝내지 못하면 우리가 어떻게 될지 알고는 있는 거겠지."

"물론 알고 있지. 그러니까 평소처럼 하라는 거야."

"무슨 소리냐."

이하는 느긋한 얼굴로, 그러나 결코 빈틈없는 자세로 〈블랙 베스〉를 겨누고 있었다.

루거의 물음을 들으며 이하는 푸근한 미소를 지었다.

이곳에 있는 모두가 하나의 생각을 하고 있었다. 한 가지의 경우만 가정하고 있었다.

그러나 이하는 두 가지의 경우를 모두 생각했고, 심지어 어느 쪽이 더 가능성이 높은지를 느끼고 있었다.

그는 어떤 각오를 하고 있을까.

그는 어떤 마음으로 스킬을 사용했을까.

"키드라면 지지 않을 거야."

그런 상태의 키드라면, 패배하지 않을 것이다.

순간, 빛이 있었다. 그곳에 있는 건 두 사람이었다.
그리고 두 사람 모두 쓰러져 있었다.

"크윽— 지금 쏴야—."
"쏘지 마, 루거!"
이하가 루거의 〈코발트블루 파이톤〉 포구를 올려 찼다.
갑자기 하늘로 솟구친 포구에서 쏘아진 포탄은 퓌비엘 왕
궁의 공중으로 날아가 폭발했다.
폭염과 함께 발생한 빛이 바닥에 쓰러진 사람들을 비추었다.
"키드!"
이하는 키드를 부르며 성벽에서 뛰어내렸다. 그와 동시에
즉시 혜인에게 지시를 내렸다.

—혜인 씨, 공간 잠금 해제하세요!
—네, 네? 하지만 지금—.
—브로우리스 소장은 죽었어요!

"죽었다고? 하이하! 칫, 루거 씨, 보여요? 브로우리스가 죽
은 거 확실해요?"
"이럴 수가…… 키드 녀석……."

마탄의 사수

람화연에겐 보이지 않았지만 루거에겐 똑똑히 보였다. 브로우리스 소장은 쓰러진 상태였다.

검은색으로 뒤덮였다는 무언가도 보이지 않는, 루거가 기억하고 있던 생전의 그 모습과 다를 바 없었다.

바뀐 것은 그의 온몸이 잿빛으로 변했다는 것뿐.

공간 잠금이 사라지자마자 이하는 블랙 베스를 들어 올렸다.

〈고스트 인 더 쉘〉을 사용해 순식간에 그들의 곁으로 가고서야 이하는 겨우 키드의 곁에 무릎을 꿇을 수 있었다.

"키드! 키드!"

"올— 줄, 알았습니다. 시간이 없—."

"뭐야? 어떻게 된 거야?"

이하는 키드의 목과 머리를 부축하며 그를 일으켜 세우려 했지만 고통스러워하는 얼굴에 더 이상 그를 움직이게 하지 못했다.

인상을 잔뜩 찌푸린 키드는 자신을 지탱하는 이하의 팔을 붙잡으며 말했다.

"나는, 소장님과— 내기—……. 이겼습—."

"알아, 그러니까 이렇게 됐겠지. 브로우리스 소장은 죽었어. 확실해."

그것은 나의 〈꿰뚫어 보는 눈〉에도 보이니까.

이하는 굳이 뒷말을 잇지 않았으나, 이하가 루거보다 빠르게 상황을 파악할 수 있는 이유도 바로 그것 때문이었다.

그러나 키드는 이하의 말을 들으면서도 고개를 저었다. 지금 그가 하고자 하는 말은 그게 아니었다.

"내기의 결과로— 브로우리스 소장님의— [속사]의 모든 것을 갖기로 했—습니다."

"응? 그게 무슨 소리— 악!"

키드는 이하의 멱살을 잡아 자신의 얼굴 앞으로 끌었다. 갑작스런 그의 행동에 이하는 잠시 당황했다.

하지만 그의 손을 뜯어 낼 순 없었다.

키드의 얼굴은 지금까지 이하가 본 그 어떤 때보다도 진지했기 때문이다.

"잘 들으십시오, 하이하. 이번 일을 벌인 건 소장님이 아닙니다. 알겠습니까."

"뭐? 무슨 헛소리를— 그게 말이나 되는 것 같아?"

"말 됩니다. 나는 소장님과 내기했고, 내가 이겼습니다. 소장님은 [속사]의 모든 것을 걸었고, 나는 그것을 빼앗았습니다. 소장님은 이제 [속사]의 이름조차 사용할 수 없으며, 더 이상 퓌비엘의 옛 영웅이 아니고, 전 세대의 삼총사가 아닙니다. 무슨 뜻인지 이해했습니까."

이하는 잠시 멍한 얼굴로 있었다.

키드의 말을 이해하기까지는 조금의 시간이 더 필요했다. 브로우리스에게서 [속사]의 모든 것을 빼앗았다.

브로우리스는 더 이상 전 세대의 삼총사가 아니다.

제2차 인마대전의 퓌비엘 영웅이 아니다.

말하자면 브로우리스라는 이름 그 자체를 모조리 지워 달라는 뜻이지 않은가.

거기까지 생각이 닿고서야 이하는 키드의 의도를 알아차릴 수 있었다.

"키드, 당신 설마—."

"소장님은 죽었습니다. 지금이 아니라 바로 그때, 그 자리에서……. 카일의 탄환에 의해서 말입니다. 그러니—."

키드가 〈홀덤〉 스킬을 사용해 브로우리스에게 얻어 낸 것은 단순한 타이틀이 아니었다.

실질적으로 따지자면 키드가 얻어 낼 것은 많았다.

브로우리스에게 스탯을 빼앗았을 수도 있고, 그를 둘러싸고 있던 마기의 정체, 브라운이나 엘리자베스의 행방에 대해서, 시티 페클로의 위치, 현재 마왕의 조각들이 어디에 있고, 마의 파편에 관한 사항은 어디까지 진행됐는지, 그곳에서 무슨 일이 있었는지 등등…….

브로우리스와 헤어진 이후 그가 겪었던 개별 정보들을 내기의 대상으로 걸 수 있었다.

그러나 키드는 그러지 않았다.

그에게 있어 브로우리스는 단순히 '머스킷 아카데미의 스승 격 NPC'가 아니었으니까.

"그의 명예를……. 부탁합니다, 하이하."

브로우리스를 더 이상 소장이라고 칭하지 않으며, 키드는 눈을 감았다.

"키드! 뭐야? 키드! 키드!"

이하는 그의 몸을 흔들어 깨우려 했으나 발끝부터 잿빛으로 변하는 것을 막을 순 없었다. 황급히 가방을 열어 HP 회복 포션을 부어 봐도 소용없었다.

[경고! 〈오버 클럭〉의 유지 시간이 초과되었습니다.]

[초과 시간: 15초.]

[유지 시간 이상 사용 시, 사용자의 신체에 해를 입힐 수 있으므로 조심하세요.]

[강제 종료까지 남은 시간: 0초.]

스킬 〈오버 클럭〉의 반작용으로 인한 강제 로그아웃이었기 때문이다.

키드가 어떤 스킬을 사용했는지, 그가 무슨 방법을 써서 브로우리스를 처치했는지 정확한 경과는 알 수 없었다.

그러나 HP 회복 포션으로도 살아날 수 없을 정도의 과정을 거쳤고, 그 과정 중에는 키드가 오만상을 찌푸릴 정도의 고통이 뒤따랐을 것이다.

'키드…… 미련한 녀석.'

그런 고통을 견디며 키드가 지키고자 한 건, 누군가는 욕할

지도 모르는 아주 작은 것이다.

타국의 유저의 대부분은 기억하지 못할 것이며, 퓌비엘 소속의 유저라 해도 이름이나 들어 봤을까 싶은 NPC, 그 AI라는 존재의 명예를 지키기 위해 자신을 희생하다니…….

게다가 그것은 쉬운 일이 아니다.

브로우리스에게서 [속사]의 모든 것을 빼앗으며 오히려 그의 명예를 지킬 준비를 마쳤으나 아직 결과는 알 수 없다.

세자를 잃으며 반쯤 정신 나간 국왕이 그것을 인정하지 않을 게 뻔하지 않은가.

'킥킥, 아니, 그래서 죽지도 못하고― 그 고통을 견디며 기다린 거겠지?'

그는 자신에게 '올 줄 알았다'고 했다.

얼른 로그아웃해 버리고 싶은 상태를 겨우 버티며, 마지막 그 힘을 쥐어짜 내 자신에게 '뒤를 부탁'하고 나간 것이다.

"부탁이라……. 근데 말이야, 지 혼자 부탁한다! 하면서 덜렁 로그아웃해 버리면 남아 있는 사람 열 받게 말이지! 나중에 들어오기만 해 봐라, 이 값은 톡톡히 받아 낼 테니."

―어떻게 된 거지?

―하이하?! 무슨 일이 벌어진 거야?

―바깥 상황 좀 얘기해 줘 봐요! 뭐가 어떻게 된 건데?

루거와 람화연, 라르크 등에게 그룹 채팅에도 이하는 잠시 답변하지 않았다.

　그렇다면 향후 이하 자신이 해야 할 일은 무엇인가.

　"하여튼 미련하고 손도 많이 가는 놈이지만……."

　자리에서 일어나기 전, 이하는 자신의 가방에서 작은 손수건을 꺼내어 그의 얼굴을 가려 주었다.

　"싫지는 않아."

　─브로우리스 사망 확인, 처치자는 키드. 상황 종료되었습니다.

　그러곤 곧 〈퓌비엘 국민 총동원령〉 퀘스트의 조건이 달성되었음을 선포했다.

　수도 아엘스톡에서 약 70km 떨어진 지점을 수색하던 페이우와 황룡 그리고 그들을 쫓던 수십만 명의 퓌비엘 유저들의 머릿속에 시스템 알림 창이 나타났다.

　[국민 총동원령 퀘스트가 완료되었습니다.]

　[레벨이 올랐습니다.]

　[논공행상 시 공헌도에 따라 보상이 결정됩니다.]

　[논공행상 기여율이 높은 유저에 한하여 퓌비엘 왕궁 입성 보상 권한이 발생합니다.]

마탄의 사수

[3시간 후 기여율이 발표됩니다.]

"후우우…… 머리 아프네. 다시 접속하면 또 뭐라고 해야 한담."

이하는 모니터를 보며 지끈거리는 머리를 주물렀다.

잠깐 휴식을 취하기 위해 로그아웃했다지만 그렇다고 편히 잘 수 있는 것도 아니었다.

퀘스트 완료 알림 창이 뜨자마자 정신없이 흘러간 상황 때문이었다.

비밀 통로로 돌아갔던 왕은 〈세이크리드 기사단〉의 엄중 경호를 받으며 브로우리스의 사체를 확인했다.

쓰러져 있는 잿빛 사체를 보자마자 왕은 기사단원의 검을 빼앗아 브로우리스의 사체를 내리치려 했고, 그것을 이하가 막아서는 소동이 있었던 것이다.

사체를 훼손해서는 안 된다는 말과 함께 왕의 앞을 막은 죄, 그것은 결코 가볍지 않았다.

그간 이하가 쌓아 뒀던 퓌비엘 왕실과의 친밀도가 20% 감소하고 퓌비엘의 공적치가 400가량 하락한 게 그 증거였다.

'하긴, 일반 유저였으면 그 즉시 지하 감옥행이었겠지만.'

얼토당토않은 결과가 생기긴 했지만 이하는 어쨌든 '받은 부탁'을 이루기 위해 최선을 다했다.

그 와중에 타국 소속 유저가 있다는 것은, 그 유저가 이하의 편을 들어 주었다는 것은 다행스러운 일이었다.

"미니스의 외교 사절로 온 〈베르튜르 기사단〉의 라르크라고 합니다, 전하."

라르크는 퓌비엘 국왕의 행동을 특별히 지적하거나 막으려 들지 않았다. 그저 자신의 '소속'을 보여 주는 것만으로도 충분했다.

국왕이 스스로 체통을 지키려 나설 것이라는 계산이 선 상태였기 때문이다.

겨우 진정한 국왕은 동이 트고 난 후 논공행상과 함께, 세자와 왕비의 국장을 진행한다고 말한 게 전부였다.

그때로부터 동이 트기까지 걸리는 건 현실의 시간으로 약 2시간 남짓이 걸릴 뿐이며 이하는 지금 그 시간 동안 로그아웃으로 휴식을 취하는 중이었던 것이다.

물론 로그아웃한 이유는 또 있었다.

"라르크가 나서지 않았어도 내가 알아서 막았겠지만— 그런 무모한 행동을 할 때는 미리 상의하는 게 어때?"

"상의했다가 벌써 일이 터져 버린 후라면 늦잖아."

람화연은 이하에게 톡 쏘듯 말했다. 그러나 그 안에 담긴 진심을 알고 있기에, 이하는 어깨를 으쓱이며 답할 뿐이었다.

"그래서? 왜 그런 짓을 한 거야? 설마 '머스킷 아카데미'의 스승이니까, 따위의 답변을 하진 않겠지? 그렇게 물러 터진 사람이라면—."

"아니, 부탁받은 게 있어서 그래."

"부탁? 뭔데?"

이하는 람화연에게 키드의 말을 전했다.

람화연은 잠시 놀란 눈으로 아무 말도 하지 못했다.

그러나 그녀가 어떤 말을 하고자 했는지 이하는 알 수 있었다.

〈세상에 그렇게 멍청한 선택을 했다고? 다른 사람도 아니고 키드가?〉

따라서 이하가 람화연에게 먼저 이 말을 전해야만 했다.

"내가 알아서 할 테니까 걱정 마."

"자, 잠깐! 하이하!"

"생각 좀 정리하고 올게. 동트기 전에 맞춰서 로그인할 테니까, 화연이 너는 다른 사람들 관리 좀 해 줘."

왕궁을 거대한 함정으로 사용한 이후의 뒤처리도 분명히 필요한 일이다.

왕밖에 알지 못하던 비밀 통로를 이제는 람화정과 이환이라는 유저까지 알게 된 것도 큰 문제이지 않은가.

그런 사소한 것들에 대한 처리 등을 람화연에게 맡긴 후, 생각을 정리하기 위해 나와 있던 것이었지만 이하에게도 또렷한 수는 떠오르지 않았다.

"하아아…… 근데 뭐라고 하냐."

드르륵, 드르륵.

마우스 휠이 돌아가는 소리가 퍼졌다.

커뮤니티에는 벌써 퓌비엘의 퀘스트가 클리어됐다는 글들과 함께, 이렇게 빨리 클리어될 수 없는 퀘스트라고 반박하는 글들이 떠오르고 있었다.

〈제목: 뭔 일이냐?? 페이우 따라가다가 뜬금 깨졌네〉

〈제목: ㄴre: 그니까 버그 같은데〉

〈제목: 키드가 브로우리스랑 다이다이 깠다던데 그게 가능?〉

〈제목: ㄴre: 말이 되냐 ㅋㅋ 사실상 마왕의 조각이랑 1:1인데〉

〈제목: ㄴre: ㄴre: 아엘스톡에 있던 친구가 들었대 진짜임〉

〈제목: 아 ㅋㅋ;; 구플 형들 ㄹㅇ 너무하네 크크루크크〉

키드의 이름이 벌써 새어 나가고 있다는 점에서 이하는 어쩐지 웃음이 날 것만 같았다. 일반 유저들은 얼마나 당황스러울까.

'엄밀히 말하면 여럿의 힘이 보태졌긴 하지만……. 궁극적으론 1:1이 맞지.'

브로우리스에게 제대로 된 타격을 준 사람은 없다.

그의 움직임을 유도하고, 동선을 제한하는 '몰이'에 여럿이

투입되었을 뿐, 실질적인 전투는 오직 키드와 브로우리스 두 사람의 싸움이었다.

'그리고 그걸 이겼어. 근데 어떻게 이겼지?'

브로우리스도 보통이 아니었을 텐데 그것을 이겼다?

모르긴 몰라도 이하는 키드가 분명히 불리한 싸움을 했다고 추측할 수밖에 없었다.

그게 아니었다면 굳이 그런 도박과도 같은 스킬을 사용하진 않았을 테니까.

이런저런 생각으로 어지럽던 이하의 눈에 한 가지 글이 보였다.

〈제목: 애초에 몬스터 한 마리한테 휘둘리는 게 이상하지 않냐 ㅋㅋ〉

"어라?"

이하의 머릿속에 어떤 논리가 떠올랐다.

"브로우리스는…… 일개 몬스터다. 그렇지, 그래! 아니, 키드가 다 빼앗았으니까 실질적으로도 몬스터가 맞지. 언데드인 거야! 그냥 언데드 몬스터를, 외형 폴리모프 정도 시킨 격이라고 본다면?!"

브로우리스의 사체를 효수하는 등의 모욕을 할 필요도 없다.

마왕의 조각에게 본때를 보여 주자는 주장으로 오히려 밀어붙이며, 퓌비엘의 각종 기사단을 더욱 빠르게 〈신성 연합〉으로 파견시킬 수 있다!

이하는 라르크에게 미니스에서 일어났던 이야기를 제대로 듣지 못했다.

그러나 큰 관점에서 보자면, 이하의 논리는 에윈이 미니스의 국왕을 설득하던 그것과 닮아 있었다.

"그거였어! 그건 [속사]가 아니야! 키드가 생각했던 게 바로 그거야!"

이하는 갑자기 웃음이 나올 것만 같았다.

키드는 이하가 올 줄 알았던 게 아니라, 이하가 오기를 바라고 있었을 가능성이 높다.

만약 그 상황을 가장 먼저 발견하고 온 유저가 루거였다면?

'흐흐, 그 멍청이는 이런 생각 못 하지! 좋았어, 바로 접속한다.'

이하는 허겁지겁 미들 어스 접속기를 향했다.

기존 유저들은 물론, 페이우를 따라 멀리 떠났던 유저들도 대거 복귀한 상태의 수도는 매우 복잡한 상태였다.

―화연아! 생각났어!

동이 트고 있는 왕궁을 향해 달려가며 이하는 람화연에게 귓속말을 했다.

에윈이 써먹고, 이하가 떠올릴 수 있는 특정 논리.

그것을 떠올리는 건 그리 어려운 일이 아니다.

—브로우리스는 마왕의 조각 중 하나인 피로트-코크리가 퓌비엘 왕국의 분열을 위해 만들어 낸 몬스터일 뿐이야. 국왕의 분노는 이해하지만 이런 때일수록 성대한 장례를 통해 피해자들의 억울함을 풀고, 우리가 모든 힘을 합쳐 마왕의 조각을 상대해야만 하지.

—어— 어?

하물며 이하에게 '키드'의 이야기를 들었고, 퓌비엘 왕궁에 남아 있으면서 라르크와 대화를 했던 람화연에게는 식은 죽 먹기나 다름없는 발상이었다.

이미 그녀는 모든 일을 처리해 놓은 상태였다.

—신나라랑 내가 힘 좀 썼어. 이번 논공행상의 1등위는 키드가 차지할 테고, [속사]의 모든 것을 뒤이은 진정한 삼총사로 거듭나는 등 온갖 스포트라이트는 그쪽에서 다 받겠지만…….

람화연은 퓌비엘 왕성에서 검문에 걸린 이하를 향해 다가

왔다. 경비병들은 람화연에게 예를 갖추었다.

그간 캐슬 데일이나 신대륙 서부의 팔레오들과 부대꼈다고 하지만 람화연은 퓌비엘 왕궁에 대한 상당한 힘과 연줄이 닿은 유저다.

—브로우리스의 명예는 지켜질 거야.

이하가 힘들어하고 있는 걸 보고만 있을 리가 없다는 의미다.

이하는 이곳이 미들 어스라 다행이라는 생각이 들었다.

현실이었다면 람화연의 저 목소리를 듣는 것만으로도 울컥한 마음을 감추지 못해 분명 눈물이 찔끔 났을 테니까.

"화연아……."

"어려운 일은 아니었어. 그러니까 나랑 대화나 좀 하고 가지. 내가 그거 잠깐 당황했다고 나를 못 믿고 그새 쏙 나가버려?"

"그, 그게 아니라— 나도 좀 정신이 없어서—."

"하여튼 그게 문제라니까. 으휴, 아참! '그' 사체는 봉인해야 한다는 에즈웬의 의견 제시 덕분에 그쪽으로 가게 될 거야."

새초롬한 표정으로 이하를 쏘아보던 람화연이 말했다.

"에즈웬으로? 봉인?"

이하의 눈이 휘둥그레 되었다. 모든 일이 잘 풀렸다더니 사체를 봉인한다는 게 무슨 뜻인가.

마탑의 사수

그러나 람화연의 표정은 여전히 포근한 미소를 띤 채였다.

─응. 에즈웬으로 무사히 빼낸 후, 그곳에서 교황의 이름으로 화장 처리될 거야. 그게…… 미들 어스에서 AI가 누릴 수 있는 최고의 장례래.

─에즈웬? 에즈웬의 누가─.

"하이하 님, 늦었습니다."

"……베르나르 씨."

목소리는 들릴 듯 말 듯 했으나 그가 짊어진 거대한 '둔기'만으로도 알 수 있었다.

에즈웬의 〈이단 심문관〉, 베르나르가 그곳에 서 있었다.

평소처럼 낯을 가리며 어색한 미소를 짓고 있었지만 오늘만큼은 그 의미가 조금 달랐다.

"교황 성하의 명령으로 이곳에 왔습니다. 그리고 저 또한 하이하 님께 개인적으로 드릴 말씀도 있고요."

"개인적으로요? 아─ 설마?"

─퓌비엘 유저분들께 여쭤 보니 〈국민 총동원령〉 퀘스트가 클리어되지 않은 상태에서는 타 퀘스트를 진행할 수 없다고 하더군요.

─마, 맞아요. 그렇게 말씀하시는 걸 보니……

─네. 이번 NPC들의 사태를 보며 저도 많은 생각을 했습니다. 역시 지금 중요한 것은 마魔, 그것들을 이 세상에서 없애는 일이더군요. 감히 이름을 담기조차 역겨운 이단의 존재들이지만 그것의 힘이 하이하 님께 필요하다면…….

"저 또한 협조하겠습니다. 브로우리스의 건은 그 일에 대한 사죄의 표시입니다."

그의 어색한 미소는, 스스로 〈크툴루의 부름〉 퀘스트에 적극적으로 협조하지 못했던 자신을 책망하고 있었기 때문이다.

이하 또한 그에게 서운한 마음이 있었던 것은 사실이었지만 이제 와서 그런 것은 중요하지 않게 되었다.

"오케이. 이번 한 번은 봐드리죠."

브로우리스에 대해 키드가 결코 부족해하지 않을 정도의 명예를 지켜 주었다면, 이미 그것으로 자신에게도 충분한 보상이다.

베르나르는 자신이 잘못 들었다는 듯 고개를 갸웃거렸다.

"봐, 봐주신다고요?"

"진작 제 말 들으셨으면 훨씬 더 빨리 뭔가 잘될 수도 있었으니까요. 흐흐, 좋았어! 화연아, 가자!"

이하가 발걸음을 내딛는 순간, 수도 아엘스톡 전역에 팡파르가 울리기 시작했다.

평소처럼 경쾌하고 활기찬 음색은 아니었으나, 웅장하고 장엄한 음악과 함께 퓌비엘의 왕궁 문이 완전히 열렸다.

[〈국민 총동원령〉의 목표 달성 이후 논공행상을 진행하겠노라. 호명하는 자는 20분 내 왕성으로 입궁하여 전하의 명을 받들라. 키드, 신나라, 혜인, 마스터케이, 람화정, 이환, 루거—…… 하이하—…….]

"왜 내가 루거보다 뒤에 있는 거지? 딱 봐도 저게 기여도별 순위 같은데……."

"있는 게 다행인 줄 알아. 실제로 데미지를 주거나, 직접적인 영향을 끼친 스킬은 한 번도 피격시키지 못했다며? 아니지, 오히려 아직도 살인마 상태잖아. 카오틱이나 풀어."

"아니, 그거야 내 차례가 안 왔으니까 그런 건데! 카오 푸는 것도 오늘 하려고 했다고! 그리고 실질적으로 사람들 모으고 어쩌고 할 때, 그, 저기 뭐냐, 페이우 씨랑 얘기해서 설득하고 할 때 나선 것도 나잖아, 그런데—."

"그 페이우는 이름도 없어. 그 사람 앞에서 억울하다며 티 내지 말고."

람화연의 말을 들으며 이하는 곧장 입을 다물어야 했다.

황룡의 길드원들이 페이우에게 은근슬쩍 불평을 토로했던 게 바로 이런 부분이었다.

시스템으로 체크되는 '기여도'는 분명 인간이 판단하는 것보다 공평한 면이 많다.

그러나 실질적으로 활약을 펼치는 부분에 대해서만 확인할 뿐, 그 활약을 하기 위해 쌓아 나가는 과정에 대해서는 놓치는 경우가 꽤 많았던 것이다.

'이런 세세한 빌드 업 과정까지는 체크가 안 될 테니까. 그걸 페이우도 분명 알고 있었을 텐데…….'

탑 랭커급 유저가 모를 리가 없다.

이 정도의 대형 이벤트에서 아무런 '콩고물'을 받아먹지 못하는 걸 알면서도 받아들이다니.

심지어 그는 불평이나 억울한 내색 한 번 보이지 않았다. 이하는 새삼 페이우의 넓은 도량에 감탄했다.

"으으, 시스템으로 판단하는 건 이래서 싫다니까."

고개를 저으며 걷는 이하를 포함, 호명된 모든 유저들은 왕궁에 들어섰다. 호명되지 않은 유저들도 왕궁 근처와 수도 인근으로 몰려드는 건 어쩔 수 없었다.

대대적인 퀘스트에 대한 보상은 얼마나 큰지 궁금하지 않은 사람은 없기 때문이다.

[—하여 짐은 세자와 왕비의 억울한 원혼을 위로하고, 마왕의 조각들에게 무자비한 복수와 정의의 철퇴를 내리기 위해 본국의 적극적인 재정 원조를 지원토록 할 예정이니—.]

이하에게는 반쯤 미치광이처럼 느껴진 부분도 있었으나 퓌비엘의 국왕은 다시 안정된 AI가 적용되고 있었다.

그가 이번 총동원령에 포함되었던 모든 유저와, 해당 기간 동안 손해를 봤던 모든 상업 시설에 대한 세금 감면과 무료 워프 게이트 이용 등 보상을 약속했고, 특히 세자와 왕비의 국가장國家葬이 진행되는 동안에는 퓌비엘 소속 모든 도시의 에즈웬 신전에서 무료 치료와 비상용 포션 몇 개를 받을 수 있도록 조치하겠다고 한 것이다.

"와, 아무리 그래도 너무한 거 아냐? 한두 푼 드는 게 아닐 텐데……."

"좋은 거지. 국가의 재정이 튼튼하다는 걸 보여 주는 방증이기도 하니까. 민심도 찾을 수 있고. 나라도 이렇게 했을 거야."

괜히 국왕 NPC에게 시비라도 한 번 걸어 보려는 이하였지만 합리적인 람화연의 말에 역시나 입을 다물어야만 했다.

실제로 수도 아엘스톡의 곳곳에서 함성과 환호가 퍼지고 있었다.

그들이 아끼게 된 미들 어스 골드의 양만 해도 결코 만만치 않을 것이다.

[최종 기여율: 1.3%]

[기여율이 1% 이상입니다.]

[퓌비엘의 충실한 국민 업적을 획득하였습니다.]

[퓌비엘 왕실과의 친밀도가 상승했습니다.]

"그리고 나는 이 정도로군. 쩝, 아이템 보상도 없다니……."

국왕의 연설이 끝남과 동시에 뜬 보상을 보며 이하는 허탈한 웃음을 지었다.

전前 세대의 삼총사가 일으킨, 미들 어스의 세계관에 남을 테러 중 한 건이 마침내 마무리되었다.

파우스트의 계획은 브로우리스, 브라운, 엘리자베스를 활용하여 로페 대륙에 큰 혼란을 준 후, 모두의 시선이 로페 대륙으로 쏠려 있을 때 신대륙 서부로 대진격을 개시한다는 것이었다.

그 작전은 마왕군 소속 유저들 대부분이 이미 들어서 알고 있는 내용이었다.

그러나 브로우리스가 죽을 때까지도 마왕군에서는 별다른 움직임을 보이지 않고 있었다.

키드를 비롯한 유저들의 빠른 처리를 예상치 못했기 때문이기도 하지만, 당장 마왕군 내에 그럴 여력이 없기 때문이었다.

시티 페클로의 광장에서 두 명의 유저가 마주 보고 있었다.

그들의 뒤로는 제각기 수백 명의 유저가 그들을 보좌하고 있었다.

원래부터 자신들의 기반 세력이 있었던 데다, 파우스트가 있을 때에도 그를 보좌하기만 한 게 아니라 은근하게 자신들의 세력을 키우는 데 집중했던 두 유저.

"……파우스트가 죽은 후 처음 보는군."

"시티 페클로 인근에 그렇게 촘촘하게 아지트를 깔아 놨을 줄은 몰랐다. 경계를 보내면서도 그런 작업들을 시킨 건가?"

"하, 그건 네 녀석들이 알 바 아니지."

길드 시날로아와 로스 세타스의 길드 마스터인 메데인과 칼리는 서로 으르렁거렸다.

머리가 있을 때는 서로 협조를 맞추던 길드 시날로아와 로스 세타스였지만, 파우스트가 삐뜨르에 의해 사망한 이후부터 그들은 자신들의 기회를 노리기 시작했고 그 결과 마왕군이 두 그룹으로 나뉘어 버린 것이다.

줄곧 싸우던 두 수장이 만난 건 바로 브로우리스의 사망 소식을 들었기 때문이었다.

"세 개의 패 중 하나가 벌써 까졌다는군."

"이제 이럴 때가 아니라는 거겠지."

두 사람 모두 이제는 화해해야 할 때임을 알았다.

짙은 여운이 남았지만 그것에 미련을 두었다간 마왕군이라는 틀 자체가 깨져 버릴 수 있다.

'조금이라도 더 위임권을 차지하려고 했는데…….'

'파우스트가 돌아오려면 아직 시간은 한참 더 걸릴 테니 다시 기회가 올지도 모르지.'

무슨 생각을 하고 있든 이제는 손을 잡아야 한다.

〈라이징-선〉이 해체되었을 때, 그들은 새로운 먹거리를 눈앞에 두고 서로 싸워서 좋을 게 없다는 걸 깨달은 자들이다.

지금은 외부의 위협에 대해 내부가 똘똘 뭉쳐야 할 때, 오히려 그때보다 '손을 잡기 쉬운' 상황이지 않은가.

"그럼 어떻게 할 거지."

"방법이 있나. 한 그룹이 1, 2세대 마왕군을 통솔하고—."

"다른 한 그룹이 칼라미티 레기온을 통솔한다. 이긴 자가 선택하기로."

"앞."

"뒤."

메데인과 칼리는 거의 같은 생각을 하고 있었으므로 별다른 말도 하지 않았다. 한 사람이 동전을 퉁겼다.

—하이하 님, 잠시 와 주셔야겠습니다.

그로부터 1시간이 채 지나기 전, 이하에게 블라우그룬의 귓속말이 들려왔다.

Geschoss 3.

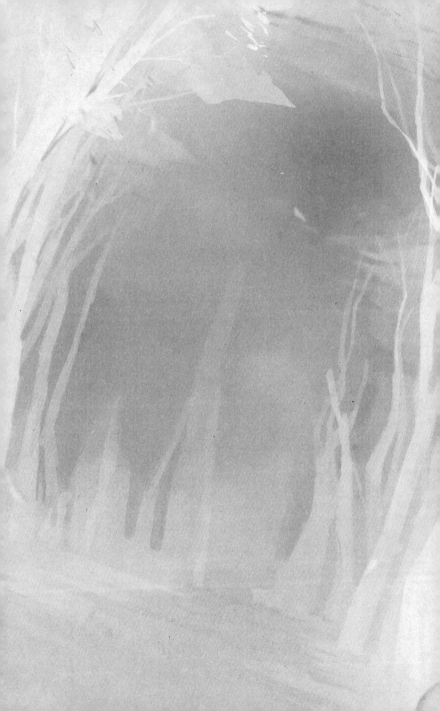

"블라우그룬 님이 확인하셨던 37455번 하우스하우스를 기준으로 주변을 넓혀 갑니다! 몬스터 하나하나의 움직임도 정밀 체크하세요!"

"알겠습니다, 본부장님!"

람화연의 호령과 함께 길드 화홍의 유저들이 다시금 오퍼레이터 임무를 수행하기 시작했다.

퓌비엘의 〈국민 총동원령〉이 끝난 이상, 그들이 곧장 신대륙으로 복귀 하는 데에는 큰 무리가 없었다.

"12만 번대 하우스하우스 인근에서 2세대 마왕군 대거 포착됩니다!"

"38296, 38300, 38451 하우스하우스에서 〈칼라미티 레기온〉 각 한 기씩 포착! 평소보다 훨씬 좁은 간격으로 밀집해서 움직이고 있습니다!"

다만 그들보다 마왕군이 더욱 빠르게 움직이고 있었다.

"달라. 확실히 달라."

"평소에 보지 않은 나도 알 수 있을 정도니까. 이번엔 틀림 없이 온다."

"응. 놈들도 위기감을 느꼈겠지. 아니, 처음부터 삼총사를 활용해 로페 대륙 쪽으로 시선을 끈 후 이렇게 하는 것까지가 작전이었을 거야."

굳이 람화연의 부연 설명을 듣지 않아도 이하는 알 수 있었다. 블라우그룬이 홀로 남아 관리할 때에도 몇 번 모습을 드러내지 않았다.

그런데 이제 와서 1, 2세대 마왕군 몬스터들은 물론, 마왕군 소속 유저들과 30m급 공룡들까지 대거 등장한다면?

퓌비엘에서 브로우리스를 죽이긴 했다지만 아직 모든 혼란이 수습된 것은 아니다.

정말 행동력이 빠른 몇몇 길드를 제외한다면 신대륙으로 곧장 출전하지 않을 것이며 특히 NPC 중심의 〈기사단〉들은 일정한 행정 절차까지 필요로 하지 않은가.

마왕군이 그 틈을 노리고 오는 것이라는 결론이 타당했다.

"당장 활용 가능한 세력이라면 팔레오들 정도……. 크라벤과 퓌비엘의 유저들이 온다지만 터무니없이 적어. 적의 전력은 지난번과 거의 같은데 우리 쪽은 그때의 20%도 안 되는 전력으로 막아야 하다니…….”

람화연이 작게 읊조린 말을 들으며 이하는 잠시 고민했다. 이하의 진지한 얼굴을 물끄러미 바라보던 블라우그룬이 입을 열었다.

“하이하 님, 바하무트 님께 말씀은 드렸습니다만……. 함께 가시겠습니까. 감시가 유지되려면 저는 아무래도 이곳에 있어야 할 것 같습니다만.”

“맞아요. 블라우그룬 님은 움직이면 안 돼. 하이하, 당신이 바하무트 님께 말씀드리고 메탈 드래곤들을 규합해. 여전히…… 강한 적이 있다지만 그래도 메탈 드래곤의 힘이 더해지지 않는다면 이번 진격은 막지 못할지도 몰라.”

바하무트의 마법조차 디스펠하는 적들이 있다.

〈칼라미티 레기온〉의 힘을 한 번 겪어 보았음에도 람화연은 그들에게 기댈 수밖에 없었다.

“배치를 다르게 해서 어떻게든…… 바하무트 님과 메탈 드래곤 여러분들에게 2세대 마왕군을 맡기고— 차라리 유저들과 기사단이 온 힘을 다해서 칼라미티 레기온을 막는다면—.”

“음, 역시 그렇겠지?”

“—응. 결국 전술의 싸움에서 승부를 봐야만 할 테니까……. 다행히 그러기 위해서—.”

“역시 키드는 R급이겠지? 2, 3, 4등이 R-급이니까.”

“으, 응? 뭐?”

1시간도 되지 않아 전투는 벌어질 것이다.

머릿속으로 그 싸움의 시뮬레이션을 맹렬하게 해 보던 람화연은 잠시 이하의 말을 이해하지 못했다.

이하는 그런 람화연을 보며 고개를 갸웃거렸다.

"아니, 상식적으로 생각하면— 난 업적 명예의 전당조차 안 뜬 데다가, 업적 이름도 다르니까. 아마 기여도 퍼센티지별로 업적 등급과 이름이 다르다고 봐야겠지. 논공행상 4등인 기정이가 R-급 [퓌비엘의 새로운 빛] 업적에, 해당 업적 명예의 전당 세 번째 등재라고 했으니까……. 2, 3등인 나라 씨랑 혜인 씨도 같은 보상일 것 같고. 그렇게 따지자면 1등인 키드는 애초에 R급 업적이 뜰 수밖에 없지 않겠어? 아예 다른 보상 체계라고 보는 게 맞지. 기정이가 아이템 보상 두 개라고 했으니— 키드는 몇 개나 되려나? 어쩌면 나처럼 성을 줄지도 모르겠네."

이하의 친절한 설명은 람화연을 더욱 혼란스럽게 만들었다.

업적? 퓌비엘 왕궁에서 국왕의 연설이 끝나면서 같이 얻게 된 보상을 말하는 건가?

람화연도 알고 있었다.

논공행상 5등인 람화정에게도 퓌비엘의 지하 보물 창고에서 아이템 한 개를 획득할 권한을 얻었다.

2, 3등까지 유사한 보상을 주었으리라 충분히 예상할 수 있는 일이고, 1등이자 직접 사살자인 키드에게는 그보다 훨씬

큰 보상이 주어질 것이다.

국가전에서 활약했던 이하는 '시티 가즈아'의 성주로 임명되었다.

국가전 정도는 아니었으나, 국왕 NPC에게 있어서 그에 못지않게 중요했던 이번 이벤트의 최고 공로자에게 도시나 성, 아무리 적어도 '마을' 단위의 보상까지는 나올 가능성이 충분하다고 보았다.

문제는 업적이나 보상에 관한 게 아니었다.

"……이 시점에 그런 생각을 하고 있었다고?"

"어. 이상한가?"

"진심이야? 미쳤어?"

람화연이 펄쩍 뛸 수밖에 없었다. 지금 이 순간에도 화홍의 오퍼레이터들은 마왕군의 경로를 분석하며 실시간 보고를 하고 있지 않은가.

예상 침로를 보며 신대륙 중앙에서도 어느 지점에 팔레오를 배치해야 할 것인지, 이곳에서 계속해서 정보를 주어야 하지 않는가.

"악! 왜 때리고 그래?! 블라우그륀 씨! 이거 봐 봐요, 화연이가 나 때리는— 블라우그륀 씨?"

"크흠."

블라우그륀은 헛기침을 하며 고개를 돌렸다.

이하에게 막 대하는 람화연을 못 본 척할 정도로 심각한 상황이라는 의미이기도 했다.

"아으으⋯⋯. 하여튼 다들 믿음이 없어, 믿음이."

"무슨 믿음? 아무리 당신이 뛰어나도 저 적을 전부 상대할 수 있을 거라 생각하진 마."

람화연이 거친 숨을 내뱉으며 이하를 노려보았다.

심지어 그 와중에도 이하는 웃고 있었다.

"흐흐, 역시 백번 말하는 것보다 한 번 보여 주는 게 낫겠지. 블라우그룬 씨, 여기서 수고 좀 해 줘요."

"알겠습니다. 바하무트 님께는—."

"아아, 내가 알아서 할게. 여기서 잘들 지켜보고 있어요."

이하는 수정구를 꺼내어 발동시켰다. 잠시 후 그가 도착한 곳은 바하무트의 레어가 아니었다.

이하가 그에 앞서 들른 곳은 〈신성 연합〉의 사령부였다.

"일단 닥터 둠이 도착하면 지금 전해 듣는 것보다 자세한 실황이 보일 겁니다."

"〈세이크리드 기사단〉은 40명밖에 지원을 올 수 없대요. 퓌비엘의 다른 기사단 측에 연락을 넣고는 있지만 어떻게 될지—."

"아이고야, 다들 바쁘십니다."

"―응? 이하 씨?"

총사령관 에윈은 라르크와 신나라를 포함, 〈신성 연합〉의 장교들과 함께 전황을 분석 중이었다.

현재 가용한 전력 수준은 어느 정도이며, 적의 규모는 얼마나 될 것인가.

블라우그룬과 람화연이 수집한 정보는 길드 화홍에서 요약되어 라르크 등에게 즉각 전해졌고, 그 정보를 이곳 모두가 공유하고 있는 셈이었다.

"아, 잘됐네. 하이하 씨가 왔으면 한 측면의 방어는 거의 확실히 할 수 있다고 봐야 합니다. 가용 전력이 조금 적더라도 다행히―."

"라르크 씨, 잠시만요. 지금은 그런 말씀을 드리러 온 건 아니거든요."

"음? 그럼 뭐 하러 왔죠?"

라르크는 평소보다 날카로워져 있었다.

마왕군의 습격을 그 또한 예상하지 못한 건 아니지만 지금의 타이밍은 최악에 가까웠기 때문이다.

"인사드리러 왔습니다."

이하는 그런 라르크에게 웃어 준 후, 지휘 통제실의 상석을 향해 걸었다.

보통 때라면 〈신성 연합〉의 총사령관 에윈이 앉아 있었겠지만, 지금 그곳에는 의자가 두 개 놓여 있었다.

에윈은 이하를 보고도 별다른 말을 하지 않았다.

비교적 최근에 만난 적이 있는 데다, 이하가 이곳에 오는 이유를 충분히 분석할 수 있는 AI였기 때문이다.

이하는 에윈의 옆에 앉은 사람에게 예를 갖췄다.

그는 간단하게 고개만 끄덕이며 답했다.

"오랜만에 보는군."

감히 에윈의 옆자리에 앉을 수 있는 사람.

그런 행동을 해도 어떤 누구에게 제지받지 않는 사람.

"네, 오랜만에 인사드립니다, 그랜빌 사령관님."

그는 바로 퓌비엘의 육군 사령관, 그랜빌이었다.

―빠르긴 진짜 빠르네요. 갔다는 소식은 들었는데, 벌써 실전 투입?

라르크의 번개 같은 행동은 진심으로 감탄이 나오는 일이었다.

퓌비엘 소속 모든 유저와 NPC의 신대륙 행을 제한하고 있던 〈국민 총동원령〉 퀘스트는 클리어되었다.

그리고 그 퀘스트에 나름대로 공을 세운 것은 바로 라르크다.

라르크는 퓌비엘 국왕이 아직 제정신을 차리기도 전, 그와의 독대를 통해 그랜빌을 즉시 신대륙으로 파견하는 건에 대한 동의를 받아 내었고, 역시 동이 트기도 전, 그랜빌, 신나라 등과 함께 이곳에 와 있던 것이었다.

바로 그 점이 현재 라르크의 기분이 언짢은 이유 중 하나였다.

—저도 퀘스트였다 보니 빠르게 처리한 건데……. 제기랄, 이럴 줄 알았으면 좀 천천히 할 걸 그랬어요. 이렇게 바로 마왕군이 올 줄이야. 미니스가 독박 쓰게 생겼네. 이거 잘못되면 또 본국에서 내 탓만 엄청나게 해 댈 텐데.

이번만큼은 일을 빠르게 처리하지 않는 게 대국적인 면에서 나았을 수도 있다는 것.

에윈이 모든 설득을 다 해 놓긴 했으나, 어쨌든 에윈은 그랜빌을 신대륙으로 보내 주는 조건하에, 본인은 본국으로 돌아가지 않겠다고 하지 않았는가.

그 일에 한 손을 거들며 이곳으로 그랜빌까지 겨우 올 수 있도록 판을 짠 것인데, 이렇게 대규모의 공습이 바로 이어질 줄이야.

만약 이곳에서 에윈이 쓰러지거나 무슨 일이 생긴다면, 라르크에게 책임을 물을 가능성이 크다.

그랜빌이 쓰러진다면 에윈 또는 라르크에게 문제가 생길 수 있다.

평소라면 최종 지휘관 격인 그들이 쉽게 쓰러질 일이 없다.

하지만 지금처럼 압도적인 전력 차이에서는 충분히 발생할 수 있는 일이었다.

차라리 자신이 퀘스트를 늦게 처리했다면, 신대륙 서부의 〈신성 연합〉 전부가 밀리는 전황이 나오는 한이 있더라도, 대륙 모두의 책임이 되어 끝났을 수도 있지 않은가.

적어도 라르크 자신이 책임질 상황은 나오지 않았을 텐데.

—그래서 제가 온 거죠. 설마 진짜 인사만 하러 왔겠습니까.

—음? 하이하 씨가 뭘 할 수 있다고?

—어허? 그럼 나 그냥 갑니다?

—아, 아니! 물론 뭘 하기야 하겠지만……. 그 레이저 같은 걸 써도 이 정도 전력 차는 뒤집을 수가 없을 텐데요.

라르크의 당황한 목소리를 들으며 이하는 겨우 웃음을 참아 냈다.

반대로 보자면 그만큼 급한 상황이기도 하다는 의미였으나, 이하에게는 나름대로 생각이 있었다.

"두 장군님들께 드릴 말씀이 있습니다."

"지금의 일과 관련된 것인가."

"네."

람화연의 요새에서 '다른 생각'을 하고 있을 정도의 여유는 그냥 나오는 게 아니다.

이하는 중앙에 설치된 거대한 지도의 앞으로 걸었다.

실제 지형과 지물까지 적용된 실감 나는 체스 판 형식의 지도만 봐도 현재의 열세는 고스란히 드러나 있었다.

지휘 통제실에 있는 모든 유저와 NPC가 이하의 손에 집중했다.

무엇을, 어떻게 할 것인가.

이하는 아군과 적의 말들을 움직이며 전장을 그려 나갔다. 움직임은 복잡하지 않았다.

오히려 너무 단순해서 옆에서 보고 있던 라르크가 이하의 얼굴에 집중할 정도였다.

전쟁을 시뮬레이션하는 건 단순한 일이다. 그러나 언제나 확률과 가능성이 있어야 한다.

A라는 수가 '성공했을 때'를 기준으로 B라는 수를 놓을 수 있는 것이다.

그런데 A가 터무니없다면, 예컨대 아군의 말 하나, 고작 천여 명을 표현하는 말 하나로 적의 말 서른다섯 개를 상대하라고 한다면?

천 명으로 삼만 오천 명의 적을 상대하라는 작전을 '성공시킨 이후'의 계획을 보여 준다면?

—지금 장난하는 거 아니죠?
—이게 장난처럼 보여요?

—……이리 보고 저리 봐도 장난으로밖에 보이지 않는데요.

라르크가 이런 말을 할 수밖에 없는 이유였다.

이하가 말을 움직이는 건 분명 이치에도 맞지 않는 것이었으나, 장내의 누구도 그를 말리지 않았다.

약간의 당황스러움이 섞여 있었지만 그만큼 모두가 이하를 존중한다는 뜻이기도 했건만…….

"—해서, 이렇게 될 겁니다. 잘 맞아떨어진다면, 이번 한 번으로 마왕군 몬스터는 괴멸에 가까운 타격을 입게 될 거예요."

그럼에도 마지막 수를 놓았을 때는 모두가 얼어붙을 수밖에 없었다.

단순한 존중과는 명백히 다른 패닉 때문이었다.

반발은 즉시 이어졌다.

지도 근처에 앉아 있던 유저와 NPC들이 앞다투어 일어나 이하가 바꿔 놓은 전황도 곳곳을 가리켰다.

"마, 말도 안 되오! 하이하 공이 개인적으로 올린 뛰어난 업적들은 저 또한 알고 있지만— 기초적인 전략, 전술 그 자체가 어긋나 있습니다!"

"저들이 평진으로 올 거라는 건 다분하지만 아군이 이런 진형으로 작전을 전개한다는 것 자체가—."

"과정도 말이 안 되고, 결과도 말이 안 됩니다. 성하께서 매우 아끼시는 분이지만……. 에즈웬의 팔라딘 대표로서 저 또한 이번에는 하이하 님의 의견에 동의할 수 없습니다."

미니스나 퓌비엘의 전략 관련 장교들은 물론, 에즈웬의 팔라딘까지 참여한 집단 반발이었다.

그들은 구체적으로 어떤 점이 잘못되었는지 매 부분마다 지적을 늘어놓을 정도였다.

실제로 전략을 담당하는 NPC라면 미들 어스는 물론, 현실에서도 적용할 수 있는 상당한 수준의 AI가 작동된다는 의미였다.

즉, 그들의 말은 극히 합리적이었다. 이하는 그들의 말에 전부 반박하지 않았다.

"네, 맞습니다. 제가 말씀드린 것은 어디까지나 흐름일 뿐이에요."

"흐름?"

"구체적인 진형? 하핫, 이런 말씀 드리면 우습겠지만 저는 진형이라고 해 봐야 학익진 정도밖에 모릅니다."

가벼운 웃음을 터뜨리긴 했으나 이하의 표정은 결코 가볍지 않았다.

실제로 이하가 아무런 전술을 모르는 건 아니다.

그러나 저격수가 되기 이전에 잠시 공부했던 현대 보병의 행동 강령과 전술 등이나, 산악에서 야전을 해야 할 때 고려해야 할 사항과 환경 등을 알고 있을 뿐이다.

이하가 알고 있는 상당수의 지식이란 결국 '미들 어스'에 곧장 적용할 수 없다는 의미이기도 했다.

물론 그런 사실을 모르는 NPC들의 반발은 더욱 거세질 수밖에 없었다.

"그런 자가 어디 이런 작전을 제안한단 말입니까!"

"하이하 공의 말씀을 듣고 우리도 이토록 당황스럽거늘, 총사령관님과 장군님께서 무슨 생각을—."

"하실지. 그걸 듣고 싶어서 말씀드린 겁니다."

이하는 그들의 말을 끊었다.

현대 보병 전술 외에는 제대로 알지 못하는 이하가 이런 막무가내의 작전을 들고 온 이유가 무엇이었던가.

'애초에 여기까진 예상했다. 문제는 이 두 사람이지…….'

이하의 시선은 에윈과 그랜빌을 향했다. 자신의 무모한 계획을 가능성 있게끔 만들어 줄 사람들.

이들은 보통의 전략 장교나 참모와 그 수준부터가 다르다.

이것을 받아들여 준다면 이하에게 있어서 가장 최선의 수를 둘 수 있다.

그러나 이런 제안 또한 모험이었다.

'만약…… 받아들여지지 않더라도 나는 내 할 일을 하면 돼.'

원래부터 이하가 생각하고 있던 것은 이들이 작전을 받아들여 주지 않았을 때를 기준으로 하고 있었으니까.

이런 아이디어를 떠올린 것은 얼마 되지 않았다. 평소라면 이런 말도 꺼내지 않았을 것이다.

언제나처럼 스스로 해결해 버릴 몇몇 사건들이 있기 때문이다.

그러나 이하가 이런 일을 벌이고자 했던 것은 더 많은 생명을 구하기 위해서였다.

아무리 텔레포트라는 스킬을 쓰며 움직일 수 있어도 동시다발적으로 일어나는 사건에 자신이 모두 끼어들 수 있는 건 아니다.

'나중을 위해서라도…….'

한 사람의 인재라도 더 보존하는 게 바로 이하의 목표였다. 침묵하고 있는 이하를 보며 장교들도 서서히 입을 닫았다.

장내가 완전히 조용해지고 나서야 이하는 두 명의 사령관에게 말했다.

"할 수 있습니다."

그들이 어떤 면에서 걱정하는지 알고 있다.

라르크에게 귓속말이 계속해서 오고 있는 것도 분명 '그 이유' 때문이었다.

―에윈과 그랜빌이 다치면 안 된다니까 왜 그런 짓을 하냐고요! 하이하 씨의 무모한 작전 때문에 둘 중 하나라도 죽으

면 나, 완전 모가지 날아갑니다?

　—이 무모한 작전이 성공하면 우리는 대박 터뜨리는 거라 니까요.

　—그냥 평소처럼 레이저 쇼! 그거나 해 주지! 마지막에 얘 기하던 건 또 무슨 소리인지 이해가 안 되니까—.

　—어허, 그냥 보세요. 보여 주는 거 말고 증명할 방법이 없 으니 어떡합니까. 나 못 믿어요?

　이하는 라르크를 바라보지도 않고 귓속말을 했다. 라르크 는 그런 이하의 등을 바라보며 이하의 귓속말을 듣고 있었다.

　자신을 믿지 못하느냐.

　라르크를 대할 때만큼은 장난스러운 목소리가 섞여 있었지 만, 라르크는 그 안에 있는 이하의 각오를 읽어 내기에 충분 한 사람이다.

　결국 라르크의 눈은 다시금 전황도를 향할 수밖에 없었다.

　그의 머리가 돌아가기 시작했다.

　—허, 참. 내가 그래도 하이하 씨랑 꽤 일을 많이 해 봤다 고 생각했는데, 이렇게 황당무계한 경우는 처음이네요.

　이하의 작전을 성공시키는 방향으로.

　이하는 열중쉬어 자세에서 슬쩍 엄지를 들어 올렸다. 이하의 '따봉'은 라르크만이 발견한 신호였다.

두 명의 장군은 이하의 말을 듣고도 쉬이 입을 열지 않았다.

그러나 이하는 알 수 있었다.

장군들의 눈은 자신을 향해 있었지만, 엄밀히 말하면 자신을 바라보고 있는 건 아니었다.

그들의 AI가 어떻게 돌아가고 있을까. 미들 어스 최상의 전략 AI를 지닌 NPC들의 알고리즘은 어떻게 돌아가고 있을까.

"허허……. 정확히 말해야 하지 않겠나."

그 순간, 그랜빌이 입을 열었다. 그는 자리에서 일어섰다.

이하가 망가뜨려 놓은(?) 전략 전황도를 향해 걸어온 그의 눈이 잠시 번쩍거렸다.

그는 곧 웃기 시작했다. 그의 웃음에 이어 에윈이 입을 열었다.

"할 수 있다고 말하는 게 아니라, 우리에게 할 수 있냐고 물어보고 싶다면 그렇게 물어보라는 뜻일세. 하기야, 나에겐 물어볼 필요도 없이 이 친구에게만 하면 되겠지만……."

에윈은 이하에게 말하다 그랜빌을 흘끗 보았다.

그랜빌 또한 에윈을 흘끗 보았다.

언제나 근엄하기만 한 퓌비엘의 육군 사령관이 처음으로 장난스럽게 어깨를 으쓱였다.

"초원의 여우가 하는 일을 떠받치는 자가 못 할 리 없지."

"핫. 자네가 아직도 그때의 기력을 갖고 있어야 한다는 게 걱정이긴 하네."

두 명의 장군은 전황도의 좌우로 섰다.

그들은 이하가 움지였던 말과 마왕군이 움직였던 말을 집어 원상태로 돌려 두었다.

"초, 총사령관님?"

"그랜빌 장군님⋯⋯."

"두 분이 '친구'처럼 말씀을 나누시다니—."

전략 장교와 참모들은 엉거주춤한 자세로 일어서 전황도를 보았다.

그들에게도 이해가 가지 않는 상황이었을 것이다. 이하도 에윈과 그랜빌의 친밀도에는 다소 의문이 들 정도였다.

퓌비엘과 미니스, 로페 대륙의 양대 강국에서 가장 높은 위치에 있는 장군들이 서로를 '친구'라고 칭할 정도일 수 있다고?

'어느 한 길의 끝에 달하면 그 수준에 올라온 자가 모두 친숙해 보인다— 뭐 무협 소설 같은 데서나 보던 그런 건가?'

황당한 상황이었지만 그것을 물어볼 시간은 없었다.

전황도 앞에선 두 명의 장군에 의해, 말이 빠르게 재배치되어 가는 중이었기 때문이다.

따악— 따악— 따악— 따악—!

우측에 배치된 마왕군의 몬스터들은 어느 정도의 두께로 길게 늘어선 평진. 직사각형의 배치에서 다가온다는 가정이었다.

그리고 그것을 맞서는 아군의 진형은?

"적의 평진에 맞서서……."

"추행진으로 쐐기형 돌파를…… 어? 추행이 아니라 설마—."

마왕군 측을 향한 선두는 분명 삼각형의 모양이었다.

최초의 삼각형을 기준으로 점차 두꺼워지고 넓어지는 속이 꽉 찬 삼각형, 통상적인 돌격 대형이라 하면 역시 추행진이 기본 형태다.

그러나 에윈이 두는 것은 조금 달랐다.

조금 두꺼운 화살괄호 모양[>]으로 마왕군을 향한 후, 해당 형태의 뒤로 이어지는 것은 그저 직선.

말하자면 그것은 마왕군을 향한 화살표[→]였다.

"봉시진!"

"봉시진이라니, 총사령관님! 분명 추행진보다 강력한 돌파형 진형이지만— 선두가 조금이라도 늦춰진다면 즉시 무너집니다! 발이 늦어지면 전멸을 각오해야 하는 위험천만한 모험을— 그것도 이 정도의 병력으로 진행하기는 무리입니다!"

봉시진은 그 어떤 진형보다도 돌파력이 강하다.

그러나 방어력의 측면에서 추행진보다 위험하고, 공격력의 측면에서 어린진보다 부족하다.

봉시진鋒矢陣, 칼끝 또는 화살을 뜻하는 그 의미처럼 오직 '돌파'로써 적의 진형을 파훼하는 효과만을 바라보는 진형이라는 의미였다.

참모들은 평소와 달리 격렬히 반발했다. 다소 불경스러운 그들의 행동에도 에윈은 웃고 있었다.

그러곤 조용히 다음 한 수를 옮겼다.

"그럼 이렇게 하면 되지 않겠나."

아군의 다른 말들과 달리, 색칠된 작은 모형은 그 말을 옮기는 자와 닮아 있었다.

참모들은 잠시 할 말을 잃었다.

가장 위험한 자리, 봉시진의 '선두'에 에윈 총사령관 자신이 직접 서겠다는 의미였으니까.

"총사령관 님! 불확실한 전장에 그런—."

라르크가 벌떡 일어섰지만 에윈은 한 손을 드는 것으로 그를 제지시켰다.

"서 라르크."

"네."

"2만의 군세로 50만을 뚫는 게 불가능하다고 생각하는가."

에윈과 그랜빌에게 주어진 팔레오들과 퓌비엘, 에즈웬, 크라벤 등의 유저 길드 그리고 각국의 급파 기사단 총합 인원, 약 2만.

이하는 그것으로 최소 50만 이상이 될 1, 2세대 마왕군을 돌파해 주길 요청했던 것이다.

"그, 그거야 물론……."

'말도 안 되는 일이야!'라고 소리치고 싶은 것을 라르크는 꾹 참고 있었다.

이하는 원망의 눈빛을 쏘아 대는 라르크를 애써 외면했다.

'그것도 놈들이 속도를 높이고 있으니까 50만이야. 어차피 약화된 〈신성 연합〉에 대해 만약 모든 전력을 모아서 올 필요도 없다고 생각해서 '급하게' 보내는 게 50만이라고!'

여유가 생긴다면 100만을 훌쩍 넘기는 압도적인 몬스터의 향연이 펼쳐질 것이다.

높디높은 성벽이 있는 것도 아니고, 그저 신대륙 중앙부 인근에서 '조금 유리한' 수준의 언덕 정도와 몇 개의 감시탑으로 25배, 50배가 넘는 적을 상대하며 돌파할 수 있을까.

라르크는 잠시 호흡을 가다듬었다.

이하의 작전에 동의하는 것과 에윈을 선두에 세우는 것은 전혀 다른 의미다.

결코 만만치 않은 이 NPC를 설득할 필요가 있었다.

"설령 가능하다 하더라도 총사령관님께서 선두에 서실 필요는 없습니다. 국가전 당시에 보여 주셨던 것처럼, 그리고 지금까지 증명하신 것처럼 사령관님께선 후미에서 대국적인 전략을 수립해 주셔야—."

"허허, 나는 여태껏 그게 불만이었어."

"네?"

에윈은 라르크를 보며 빙긋 웃었다.

라르크가 아직 그의 의도를 정확히 파악하지 못한 상태에서 입을 연 자는 그랜빌이었다.

"미니스의 무지개의 기사. 나름대로 깃발을 날리기 시작한 기사라고 들었네만, 그런 자도 아직 모르는군. 하긴, 당연한가."

"그렇지, 20년도 넘은 이야기야. 그때의 꼬마들이 알 리가 없지 않은가."

"무슨…… 아?"

그랜빌과 에윈은 오랜 전우처럼 이야기를 나누고 있었다. 그 순간, 라르크의 머릿속에 떠오르는 정보가 있었다.

그들이 어떻게 하여 퓌비엘과 미니스의 장군 자리까지 올랐을까.

그런 것은 5년, 10년의 노력 따위로 되는 게 아니다. 미들어스의 세계관에서, 군인들의 계급을 단박에 높일 수 있었던 대형 사건은 몇 개 없었다.

"이자가 〈초원의 여우〉라는 별칭을 얻게 된 계기를 모르는가, 무지개의 기사. 제2차 인마대전 당시, 인류 연합의 선두에서 독립유군을 지니고 마왕군세를 파괴해 버리던 놈이야. 뒤에서 지도만 만지작거리며 작전을 짜는 게 성미에 맞을 리가 없겠지."

제2차 인마대전에서 언제나 최선두로 활약했던 젊은 날의 에윈.

그는 당시의 전투에서 세운 공으로 초원의 여우라 불리게 되었다.

"놈이라니? 말이 지나치군, 그랜빌. 내가 그렇게 마음 놓고 날뛰어도 된다고 한 건 네 녀석이지 않나."

에윈은 전황도 위에 또 다른 작은 말 하나를 움직였다. 다른 말에 비하여 새것처럼 보이는 그것 또한 누군가와 닮아 있었다.

그 작은 말은 화살표의 꼬리 부분에 위치했다.

"〈떠받치는 자〉가 후방에 있어 줬기에 가능한 일이지."

제2차 인마대전에서 막강한 후방 지원으로 모든 부대를 지탱했던 그랜빌.

그는 당시의 전투에서 세운 공으로 떠받치는 자라 불리게 되었다.

거기까지 듣게 된 작전참모들은 더 이상 아무런 말도 하지 않았다.

봉시진의 최선두에 위치한 에윈과 최후미에 위치한 그랜빌.

두 사람이 말투부터 바뀐 이유는 간단했다. 근엄하거나 무게감을 잡을 필요 없이, 그저 얼굴을 마주 보는 것만으로도 20년 전의 젊은 피가 들끓어 올랐으니까.

두 명의 사령관은 이하를 바라보았다.

"할 수 있겠나."

그들은 이하에게 물었다.

그 안에 담긴 것은 물론 '자신들의 일은 완벽하게 해낼 수 있다'는 자신감이었다.

2만의 군세로 50만을 찢어 주마. 네가 원하는 대로 판을 만들어 주마.

그 이후를 책임질 수 있는가.

이하는 그들에게서 뿜어져 나오는 기세를 온몸으로 받아들였다.

"물론입니다."

할 수 없었다면 얘기를 꺼내지도 않았을 것이다.

두 명의 장군이 고개를 끄덕임과 동시에 〈신성 연합〉에서 더 이상의 작전 회의는 필요치 않게 되었다.

"전군."

"제자리로."

그들이 잠시 '만지작거렸던' 진형은 단순히 테스트를 위한 게 아니라, 실질적으로 이번 전투를 위한 모든 배치였으니까.

"전군—!"

"배치를 서둘러라! 마왕군이 온다! 움직여!"

"총사령관님과 그랜빌 장군께서 직접 나가는 전장이다! 한 치의 준비도 소홀히 하지 마!"

〈신성 연합〉의 전략 텐트가 순식간에 뒤집어졌다.

2만의 군세가 봉시진을 갖추기까지 걸린 시간은 고작 7분.

파견 나온 병력들의 전력이 어느 정도인지 이미 파악하고 있던 에윈과 그랜빌은 어떤 문제가 발생할 여지없이 완벽하게 배치를 이루어 냈다.

애당초 말도 안 되는 작전이었기에 라르크조차 진형에 대한 완성도를 이해하지 못했다.

"정말 저희면 된다는 말씀이십니까? 돌파력이라면 고릴라 팔레오나 멧돼지 팔레오들을 활용하는 게 더 나을 겁니다."

화살표의 머리 부분, 최선두는 에윈이다.

거기까지는 이미 알고 있었던 사실이다. 문제는 그 에윈의 친위대가 유저와 기사단을 합쳐 고작 800 정도에 불과하다는 사실이었다.

돌파력이나 파괴력을 가진 팔레오들은 도리어 좌측과 우측에 배치해 진형의 밸런스가 미묘하게 깨진 듯한 느낌이었다.

"흘흘, 그들은 좌익의 끝과 우익의 끝에서 힘이 분산되지 않도록 막아 주는 역할을 해야 하네. 중앙은 우리 인간들로도 충분하지."

라르크는 에윈의 고집을 꺾을 수 없다는 걸 알았기에 고개만 끄덕일 수밖에 없었다.

"나라 씨, 잘 부탁합니다."

"네, 최선을 다할게요. 페이우 씨도 여기 있으니까 괜찮을 거예요."

별초나 황룡 등 퀴비엘 유력 길드의 거의 대부분 멤버들도 참전했다.

다만 에윈은 그들조차 화살표의 꼬리 부분을 잇는 직선형에 배치한 후, 오직 페이우만을 머리에 둔 상태였다.

"이거 정말 되는 건가? 최선을 다하긴 하겠지만…… 이것도 이하 형이 낸 작전이라면서요?"

"킷킷, 무슨 생각을 하고 있는지 가끔은 뚜껑을 열어 보고 싶다니까요."

"보배 씨가 있었다면 아마 비예미 님의 말씀에 동의했을걸요."

원거리 공격에 특출 난 자들 또한 화살표 꼬리의 앞부분까지 밀려서 배치되었으므로 보배는 이곳에 없었다.

현재 이곳에 모인 자들은 그야말로 근접전의 대가라고 할 수 있는 최정예뿐이었다.

"정렬하라."

쑥덕거리는 것으로 긴장감을 해소하던 유저들 사이로 아주 조용한 한마디가 퍼졌다.

"아마 우리 중 상당수는 오늘 죽을지도 모른다."

에윈은 차분하게 말했다.

큰 성량이 아니었음에도 목소리는 유저들의 귀에 들어 박혔다.

아무런 무장도 되지 않은 경기병 행색의 노장에게 모두의 눈이 집중되었다.

기정도, 라르크도, 신나라도, 페이우도 미니스가 자랑하는 〈초원의 여우〉와 한 전장에 나서는 것은 사실상 처음이었다.

"그러나 걱정 말라. 가장 먼저 죽는 건 내가 될 테니까."

돌격의 최전선에 서 놓고 자신이 먼저 죽는다고 단언하다니!

돌격전의 연설인지, 죽기 전의 유언인지 알 수 없는 말이었지만 그 어떤 유저나 NPC도 그에게 무슨 의미인지 묻지 않았다.

그것은 묘한 일이었다.

다짜고짜 비관적인 말을 뱉는 장군을 보며 기가 살아나는 것은 무슨 일인가.

이곳에 모인 유저들은 정말로 걱정이 사라지는 것 같은 기분마저 들었다.

'표정이……'

'웃는 건가?'

'저걸 미소라고 해야 할지, 거의 부처님 수준이로군.'

그 포근함의 이유를 가장 정확하게 짚어 낸 것은 페이우였다.

마치 불상의 미소처럼 은은하게 밝은 얼굴을 하고 있는 에윈에게선 그 어떤 공포도 찾아볼 수 없었기 때문이다.

에윈은 한 사람, 한 사람과 눈을 마주치고 있었다.

유저들의 사기가 충천되어 갈 때, 노장은 환하게 웃었다.

"내가 한 말이 무슨 뜻인지 알 거라 믿는다."

그는 많은 말을 하지 않았다.

전쟁 전 연설에서 으레 나올 법한 '자신을 믿어라, 너희의 힘을 믿어라, 나의 등을 보고 따르라⋯⋯.' 등 굳이 용기를 불어넣는 수식어는 붙이지 않았다.

에윈이 있던 최선두에서부터 시작된 고요는 어느덧 전군으로 퍼져 있었다.

에윈의 말이 들릴 리가 없는 봉시진의 후미, 화살표의 꼬리 끝부분조차 침묵을 지키는 중이었다.

공포가 침묵과 고요로 바뀌고, 그것에 대한 인내가 한계치에 이를 때까지 에윈은 아무런 말도 하지 않았다.

"끅─."

그 인내의 한계치에서 가장 먼저 꿈틀거린 게 길드 별초의 '마스터케이'라는 유저인 게 몇몇 유저들에게는 안타까운 점이었지만, 에윈 정도의 NPC에겐 이미 모든 지식이 들어 있었다.

한계치에 달한 인내가 폭발할 때, 오직 그 짧은 순간만이 기존의 모든 에너지를 다른 방향으로 바꿔 줄 수 있다는 것을⋯⋯.

"가장 먼저 죽는 것은 나다. 즉, 내가 죽기 전까지는 그 누구도 죽지 않는다."

그는 말머리를 전방으로 돌렸다.

"〈신성 연합〉, 돌격."

타가닥!

에윈의 말은 산책이라도 하듯 가볍게 뛰어 나갔다.

총사령관의 최첨단 돌격은 뒤따른 군세의 공포를 용기로 돌려놓기에 충분했다.

"돌————————."

"겨어어어어어어억—!"

"사령관님을 따르라———!"

"뒤쳐지지 마! 하지만 대열을 지키며 가야 한다!

그들의 용기에 에윈은 다시 한 번 자신의 위용을 보여 주었다.

[초원의 여우, 에윈의 돌격대에 포함되었습니다.]

[버프—'여우의 위세를 빌린 호랑이'에 걸렸습니다.]

[버프—'초원이 평화를 상징한다고? 허허'에 걸렸습니다.]

〈여우의 위세를 빌린 호랑이〉

설명: 에윈의 뒤에선 호가호위狐假虎威가 아니라 호가호위虎假狐威가 된다는 말이 있습니다. 제2차 인마대전 당시 숱한 마왕군의 돌격대를 격파하고, 미니스 외의 국가 사령관들이 '미래의 골칫덩이가 될 것이다'고 예언했던 에윈의 파괴력을 당신은 마음껏 누릴 수 있습니다.

효과: 모든 물리 저항력 +25%

모든 속성 마법 저항력 +15%

전체 HP의 30% 수준 배리어 적용

이동 속조 자동 보조 (부족한 이동 속도는 에윈의 속도와 자동으로 맞춰지며, 기 초과된 이동 속도는 유지됩니다.)

지속 시간: 돌격에 의한 최초 충돌 시까지

〈초원이 평화를 상징한다고? 허허〉

설명: 몸을 숨길 곳도, 피할 곳도 없는 초원에서 전투가 벌어진다면 다른 전장보다 더욱 잔혹한 전투가 벌어집니다. 평화롭기 때문에 그곳의 피바람은 더욱 강하게 불어닥치지요. 그러한 전장에서 초원의 바람을 타고 누빈 에윈은 자신을 뒤따르는 모든 군세에게 그 힘을 나누어 줄 수 있습니다. 모든 적을 찢어발기는 초원의 바람. 에윈과 함께 있는 당신이 단 한 번 누려 볼 수 있는 호사好事, 또는 호사狐事일지도 모릅니다.

효과: 스킬―초원의 피바람 획득 (일회성 스킬입니다.)

　　　　물리 공격력 +10%

　　　　마법 공격력 +20%

　　　　돌격 시 사용하는 스킬의 마나 소모량 −20%

지속 시간: 에윈의 돌격대 소속 시 계속

"우왁?!"

"버프가― 뭐야, 이건?"

"성능 개쩌는데!"

단순히 에윈의 뒤를 따르는 유저들에게만 적용된 것이 아니었다. 그랜빌의 근처에 있는 유저들도 갑작스런 버프에 화들짝 놀랐다.

감탄하는 유저들과 달리 몇몇 유저의 표정은 좋지 않았다.

현재 그랜빌 근처에서 가장 유명하다고 볼 수 있는 라파엘라도 그중 한 명이었다.

"……에즈웰의 교황이 걸어 준 것보다 강력한 버프를— 아무리 일시적이라지만 이렇게까지 할 수 있다니."

"우리 부적 수준이군. 지속 시간이나 소모 아이템이 있는 부적과 달리—."

"에윈은 그냥 '뛰는 것'으로 이런 효과를 낼 수 있다는 게, 참…… 웃기지도 않는구만."

라파엘라의 곁에 있던 도사 형제도 괜스레 민망해져 부적을 만지작거릴 뿐이었다.

[초원의 여우]라는 이명이 이토록 대단한 것이었던가.

그러나 놀란 유저들과 달리 그랜빌은 평온한 표정으로 코웃음을 치고 있었다.

"돌격하는 초원의 여우 뒤를 따를 때, 전군은 호랑이가 된다……. 버릇 나오는군."

〈초원의 여우〉가 힘을 보였다면, 이제 〈떠받치는 자〉의 힘을 보여 줄 차례였다.

그랜빌은 차차 군마의 속도를 높였다.

"모두 각오하라. 봉시진 전방의 쐐기에 빗겨 나온 적들은 중간 꼬리에 닿지 않지만 최후방 꼬리인 우리에게 닿을 것이다."

돌격력이 살아 있는 전방이 오히려 안전할지 모른다.

후방이 상대해야 하는 적은 한 번의 파동을 맞고 살아남은 녀석들이다.

그들이 선회하여 뒤를 잡으려 한다면 가장 위험에 처하는 게 바로 그랜빌이 위치한 자리다.

"하지만 여우 녀석이 그렇게 하지 못하게끔 만들겠지. 그러기 위해 필요한 것은 진형의 유지. 우리도 쫓는다."

에윈도 그것을 알고 있었기에 빗겨 나가는 적이 없도록 전방 쐐기의 양끝에 돌파력이 강한 팔레오 부족을 위치시킨 것이다.

그랜빌도 알고 있다.

돌파력에 더욱 막강한 힘을 실어 후미를 보호하고자 한다면, 이곳 후미는 어떻게 전방에 응답해야 하는가.

"봉시진은 지금 이 순간부터 1m 이상 간격을 떨어뜨리지 않는다. 가자."

와아아아아━━━━━━━━━━━!!!

사기충천한 전방 돌격과 일절 흔들리지 않는 견고한 후미.

랭커 및 아웃사이더 유저들의 힘이 본격적으로 발휘되기에 충분한 구도였다.

그것은 멀리서 지켜보던 이하에게조차 전율이 이는 일이었다.

Geschoss 4.

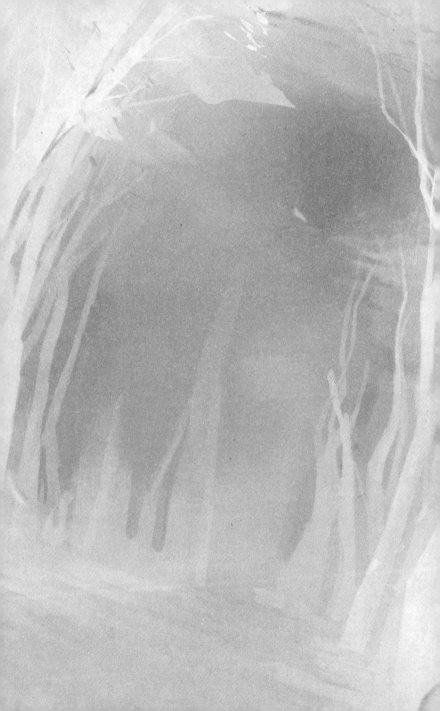

이하의 위치와 높이에서는 현재의 전황이 완벽하게 보였다.

적은 진형이랄 것도 없이 마구잡이로 몰려오고 있었지만, 어쨌든 큰 틀에서 볼 때 긴 직사각형의 형태가 맞았다.

'직사각형의 두께만도 엄청난데 굳이 더욱 뭉쳐서 올 필요는 없겠지. 아무리 바보라도 대군일 때는 소군을 둘러싸듯 대처하는 게 낫다는 건 알고 있을 테니까.'

아주 약간 허술해 보이는 면이 있는 벽이었지만 실제로 벽 내부를 이루는 몬스터들은 결코 약하지 않을 것이다.

지난번과 달리 1, 2세대가 나뉘어 오는 게 아니라 마구잡이로 뒤섞여 있기 때문이다.

그리고 그 벽을 향해 날아가는 것은 화살이었다.

벽의 길이는커녕 두께만도 못한 짧은 화살이었으나 이하는 그 화살의 촉이 빛나는 것처럼 느껴졌다.

　─우와아아아! 우리 이제 달린다아아아!
　─흥분하지 말고, 인마! 어떻게 되어 가고 있어?
　─몰라! 앞이 번쩍번쩍하고─ 뭔가 주변 사람들이랑 내가 하나의 생명체가 된 기분이라고!

　그것은 결코 기분 탓이 아니었다.
　〈신성 연합〉의 봉시진이 돌격의 속도를 높일수록, 적과 마주하는 거리가 짧아질수록 실제로 에윈과 그 주변의 선봉대에선 빛이 뿜어지고 있었다.
　'저게 도대체 뭐야?'
　기정을 통해 설명을 듣고 있었음에도 이하는 쉽사리 이해할 수 없었다.
　각종 버프가 생겼다는 건 알고 있지만 갑작스레 생기는 빛은 무엇일까. 마왕군들 중 원거리 공격이 가능한 유저들과 몬스터들이 벌써 돌격을 저지하기 위해 공격을 개시했으나, 날아가는 화살은 그 기세를 늦추지 않았다.
　'튕겨 냈어. 그냥 벽에 부딪친 것처럼─.'
　스코프로 전황을 자세히 보던 이하의 눈에 에윈이 들어왔다.
　에윈은 칼을 높이 치켜들고 있었다.
　이제 충돌까지는 얼마 남지 않았다.

에윈이 무언가를 준비하고 있는 게 느껴졌다.

'뭘 하는 거지? 사기를 높이려고? 아니면 충돌할 때의 타이밍을 재는 건가?'

이제 〈신성 연합〉과 마왕군의 거리는 약 300m.

여전히 에윈을 향해 초점을 맞춘 이하는 갑자기 등골이 서늘한 느낌이 들었다.

에윈의 머리털이 하늘로 치켜 오르는 것 같다는 느낌이 드는 순간, 에윈은 들어 올렸던 칼끝을 적에게로 내렸다.

그것이 신호였다.

에윈의 최정예 친위대 800명과 그 좌우익의 선두 13,000명이 일거에 쏟아붓는 스킬.

〈초원의 피바람〉

벽을 향해 날아가던 작은 화살, 그 촉에서부터 말도 안 되는 기세의 붉은 기운이 쏟아져 나갔다.

눈으로 보는 이하도 믿을 수 없고, 요새에 있던 루비니도 믿을 수 없는 결과였다.

"뭐야? 마왕군 어디 갔어?"

"지도가 삭제됐어요……."

마왕군의 선두와 거리는 약 300m였다. 그러나 최초 충돌이 이루어질 양측 간의 거리는 700m까지 벌어져 있었다.

마왕군의 선두 400m 범위 내의 모든 몬스터가 사망했다는 뜻이었다.

"모든 기술을 전개하라. 충돌 직전까지 최대한 많은 적을 섬멸한다!"

에윈의 호령과 함께 선두 유저들의 각종 스킬이 쏘아져 나가기 시작했다.

충돌 직전 사용된 〈초원의 피바람〉이 전부가 아니었다.

유저들의 원거리 견제 스킬은 한층 강력한 위력으로 마왕군 몬스터들을 베어 넘겼고, 마왕군 소속 유저들의 스킬들을 튕겨 내며 그들을 상대했다.

버프의 위력이었을까, 〈초원의 피바람〉 맛을 본 유저들의 사기 덕분이었을까.

루비니를 비롯하여 요새에서 예상했던 시점보다 무려 7분이나 더 깊숙한 곳에서 최초의 충돌이 발생했다.

그로 인해 〈여우의 위세를 빌린 호랑이〉 버프는 사라졌지만 여전히 다른 하나의 버프는 남아 있었다.

무엇보다 이미 기세가 오를 대로 오른 선두가 밀리는 일이 생길 리가 없었다.

오히려 마왕군을 도륙했던 그들의 감각과 기억이 파죽지세처럼 그들을 나아가게 만드는 중이었다.

"쯔쯔…… 저 멍청한 놈들은 10분의 1도 안 되는 병력에게 뚫리고 있는 건가."

"로스 세타스가 하는 일이 그런 것이지 않겠습니까, 길마 님."

길드 세날로아의 마스터, 메데인은 부하의 말을 들으면서도 웃지 않았다. 〈신성 연합〉이 갑작스레 저렇게 움직이는 이유가 무엇인지 그는 생각하고 있었다.

"칼리 자식이 이대로 뚫리게 될 경우 전황은 어떻게 되나."

"예?"

"저 새끼들이 정확히 50:50으로 양분하고 있는 게 아니잖아. 넥스트 제너레이션이랑 일반 몹들이 어떻게 분포되어 있고, 저놈들이 어느 지점을 뚫고 있는지 파악해 봐."

"아, 알겠습니다."

직사각형으로 늘어진 채 달려가고 있다지만 그들이 정중앙으로 들어온 것은 아닐 것이다.

완벽하게 포위될 위험이 있는 그런 지형으로 올 리는 없다.

'메탈 드래곤들도 아직 나오지 않았지. 만약 저것들이 군세를 찢어 놓으려는 거라면……. 말하자면 '뜯어 먹기' 식으로 사용하려 할 거다. 병력을 분산하고, 그 분산한 군세의 뒤를 〈신성 연합〉이 잡으면서 전방에 메탈 드래곤들을 보내겠지.'

일종의 각개격파와 비슷한 개념이지만 소규모로 쪼개는 방식이 아니리라.

자신이 이끌고 있는 칼라미티 레기온이 아니라면, 1, 2세대 마왕군 몬스터에게 메탈 드래곤은 그 정도로 위협이 될 수 있다.

〈신성 연합〉이 그걸 모를 리 없다.

그렇다면 지금 저들이 무모한 돌파를 시도하는 이유가 무엇인가?

메데인은 생각했다.

"오라클 녀석들의 지도를 이어 붙여 본 결과— 아마 북측으로 약 70여 퍼센트, 남측으로 약 20여 퍼센트의 군세로 나뉠 수 있을 것 같다고 합니다."

"있을 것 같다?"

"표현할 수 있는 지도가 워낙 작아서 그 이상으로 자세히 분석하기가……."

"등신들, 오라클 직업이 18명이나 있는데 루비니 한 명의 역할도 못 하나!?"

단순히 스킬의 차이가 아니라 흐름을 읽고 파악하여 예측하는 루비니를 따라가는 건 일반 유저들에게 있어 당연히 불가능한 일이었다.

그걸 알면서도 메데인은 부하의 머리통을 갈기고는 자리에서 일어섰다.

부족한 정보였지만 이미 그가 세워 놓은 틀이 있었으므로, 상황을 읽어 내기에 부족함은 없었다.

"칼라미티 레기온을 북쪽으로 옮긴다. 메탈 드래곤들은 거기서 나올 거야."

"칼리 님— 크흠, 칼리가 멀쩡히 받아들일까요?"

"괜찮아. 그 자식도 지가 칼라미티 레기온을 끌게 됐다면 나랑 똑같은 선택을 했을 테니까."

333마리 중 3마리를 잃어 봤기에 알 수 있는 사실이었다.

칼라미티 레기온 정도로 디스펠 능력이 뛰어난 생명체는 다시 얻을 수 없다.

즉, 저런 돌파력을 지닌 뛰어난 유저들의 앞에 먼저 내보일 수는 없다.

메데인은 칼리가 자신과 입장이 바뀌어도 똑같이 행동했을 거라 믿었다. 그리고 그건 틀린 추측이 아니었다.

칼리도 자신들의 뒤에 있던 칼라미티 레기온의 움직임에 대해 보고받으며 메데인과 같은 생각을 하고 있었으니까.

"남쪽으로 쪼개져 가는 놈들을 바로 올려! 이 자식들의 허리를 끊어야 해!"

"알겠습니다!"

"전방을 더 두텁게 해! 돌파를 막는 순간 우리가 이긴다!"

메데인이 좋은 것만 차지하게 둘 수는 없다.

만약 첩보대로 에윈과 그랜빌 모두가 나왔다면, 그 두 NPC를 잡는 것만으로 바하무트를 퇴각시킨 것 이상의 공을 세우게 된다.

서로가 경쟁적으로 활약하는 마왕군의 기세는 결코 낮지 않았다.

　　〈신성 연합〉의 화살이 마왕군 측의 벽을 약 50%가량 뚫고 들어온 시점, 마침내 마왕군의 반격이 거세졌다.

　　최첨단에서 돌격하던 유저들은 바뀐 그들의 기세를 느낄 수 있었다.

　　최첨단의 에윈과 화살표의 양 끝을 담당하는 고릴라, 멧돼지 팔레오들은 꾸준하게 전진했다. 그러나 에윈에게서 각 팔레오들에게로 뻗어 나가는 전선에 있는 유저들은 점차 힘에 부침을 느끼고 있었다.

　　"총사령관님! 적들이—."

　　"알고 있네."

　　에윈은 여전히 말을 타고 주변의 적들을 베어 내며 달리고 있었다. 그는 뒤에 있는 군세 따위는 신경도 쓰지 않는다는 듯 달렸다.

　　이동 속도 보조 효과가 붙었던 버프가 종료되어 일부 민첩 스탯이 낮은 유저들은 에윈에게서 점차 뒤떨어지고 있었지만, 그게 마지막은 아니었다.

　　에윈과 거리가 떨어지는 순간, 그들의 머리 위에서 녹광이

번쩍거렸다.

[버프─지탱의 압박에 걸렸습니다.]

〈지탱의 압박〉

설명: 그랜빌은 안락하거나 포근하게 떠받치는 게 아닙니다. 무언가에 눌려 무너지는 단체를 '떠받치기' 위해서는, 그가 이미 받고 있는 압력에 못지않은 힘이 필요합니다. 물론 그것이 바로 그랜빌이 지닌 힘의 원천이지요. 당신은 대열을 이탈할 수 없습니다. 대열을 이탈하여 후퇴하는 순간, 당신은 그랜빌의 기운에 의해 압사壓死당할 테니까요. 활로는 전방뿐입니다. 나아가십시오, 용사여.

효과: 이동 속도 +30%

　　　공격 속도 +15%

　　　버프 지속 간 초당 현재 HP의 1% 감소

지속 시간: 15초

"으아아아! 그랜빌의 압박이 들어온다! 달려, 달려!"

"앞에 뒤쳐지지 마! 너희가 뒤쳐지면 우리까지 조진다고!"

"시발, 이건 버프가 아니라 디버프 아닌가!?"

유저들은 한바탕 소란과 함께 억지로 전열을 끌어 올렸다.

봉시진이 조금이라도 밀릴 때마다 그들에게 자극제가 된 그랜빌의 힘은 여전히 위력을 발휘하고 있었다.

"키킷, 통상적으론 채찍의 에윈, 당근의 그랜빌 같은 느낌 이었는데……."

"완전 반대네요! 채찍의 그랜빌, 당근의 에윈 수준으로 차이가— 〈솟아나는 뿌리〉!"

징경경은 황급히 스킬을 사용했다.

에윈의 친위대라 할 수 있는 최정예에 속한 별초는 아직까지 여유가 있었으나, 그 또한 오래가지 않으리란 건 모두가 알고 있었다.

'우리의 발이 느려지면—.'

'뒤따라오는 자들은 더 힘들어질 거야. 반쯤은 흘리듯 싸우는 게 이 돌격의 묘미다. 속도를 살려야 해.'

'결국 이곳이 결전지가 되겠군.'

신나라와 라르크, 페이우는 같은 생각을 하고 있었다. 기세가 떨어지기 시작한 지금이 고비다.

진격이 멈추면 〈신성 연합〉은 전멸할 것이다. 그러나 이 고비만 넘는다면…….

줄어드는 속도를 채찍질하여 높일 수 있다면 돌파력은 한번 더 불타오를 것이다.

에윈의 근처에서 싸우던 세 사람은 눈을 마주쳤다. 만약 숨겨 놓은 것이 있다면 보일 기회는 바로 지금이다.

콰아아아아————————ㅇ!

현재의 상황을 정확히 분석하고 있는 건 세 사람뿐만이 아니었다.

"루거?! 이 시점에서 포격을—."

"뒤에서 보는 하이하 씨도 알고 있다는 소리겠지! 돌파력을 살려야 합니다. 페이우 씨, 나라 씨, 마스터케이 씨! 지금이 위기입니다!"

라르크는 유저들 몇몇의 이름을 불렀다. 지금은 분명 위기다.

"어— 그리고 위기가 바로— 기회라는 얘기죠?"

기정이 라르크를 보며 웃었다. 이하의 귓속말이 없어도 충분히 알아들을 수 있는 외침이었다.

네 사람이 동시에 움직였다.

"〈공룡화〉!"

토온의 검은 뼈가 기정의 몸을 감쌌다.

조금 전까지 팔라딘의 귀감처럼 보이던 기정의 행색은 순식간에 마왕군과 유사할 정도로 바뀌었다.

[계속해서 밀어붙입시다아아아아!]

이름 없는 팔라딘의 검을 양손으로 쥐고 튀어 나가는 기정의 움직임에는 검은 기운이 잔상처럼 뒤따랐다.

"오오! 마스터케이 님이다!"

"저게 바로 토온의 뼈라면서!?"

"아무리 탱커라지만— 야수 몬스터들의 이빨이 박히지도 않고 있어!"

야수형 몬스터들과 트롤, 오우거 등 대형 몬스터들이 무기를 휘두르고 손톱을 찔러 넣고 이빨을 박아 보지만 그 어떤 공격도 기정에겐 먹히지 않았다.

키메라가 기정을 녹이기 위해 아가리를 벌린 채 그를 흡수하려 했으나, 기정은 오히려 몬스터의 내부로 들어가 신성 스킬을 사용, 키메라의 반대편 몸체를 녹이며 찢어 나오는 성과를 보였다.

"탱커 맞아? 공격력도 엄청나잖아!"

기정이 활약한 부분의 돌파력만 강해진 것은 아니었다.

모두가 지상에서 돌파를 계속하고 있을 때, 한 사람은 공중으로 튀어 올라 있었다. 마치 계단을 오르듯 공기층을 밟고 올라선 그의 이름을 모르는 유저는 없었다.

"페이우―."

"〈황룡십팔장: 황룡출수〉!"

그의 몸에서부터 뻗어 나온 초대형의 누런 용이 이빨을 드러냈다.

몇몇 마왕군 소속 유저들이 황룡을 향해 스킬을 쏟아부었으나 실체가 없는 그것을 그냥 통과할 뿐이었다.

페이우가 노린 것은 그들이었다.

단순히 돌격하는 몬스터가 아니라, 그 몬스터를 곳곳에서 지휘하고 있는 중간 지휘관급의 유저들!

"〈제4장 육룡강하〉, 〈제5장 현룡재지〉!"

초대형의 황룡은 여섯 갈래로 나뉘어 땅으로 떨어졌다. 그 충격파에 의해 상당수의 몬스터들이 죽어 나갔다.

일반적인 스킬이라면 그것으로 끝이었겠으나 연계 스킬 〈황룡십팔장〉은 계속해서 이어졌다.

"끄으으, 〈본 쉴드〉!"

"뭐야, 이건! 키메라들은 이것부터 처리해!"

가까스로 살아남은 마왕군 유저들은 땅에서도 모습을 잃지 않은 황룡을 보고 있었다.

하지만 페이우는 그 상황 또한 보고 있었다.

"〈제16장 황룡폭의〉!"

그가 주먹을 꽉 쥐는 순간, 그의 몸에서 뻗어 나오던 누런 기운은 사라졌다.

─────────────!

지상의 곳곳으로 흩어진 여섯 마리의 황룡이 폭발한 것도 같은 순간이었다.

"우와아아악!"

"역시 황룡이다!"

중간 지휘관급 유저들이 사라졌다 해서 마왕군의 방어가 약해지는 건 아니다. 그러나 명령 체계가 소실되고 다시 연결되는 극히 짧은 순간 정도면 남은 두 사람이 힘을 내기에 충분했다.

"나라 씨, 갑시다! 〈화이트 윙〉."

라르크의 몸에서 새하얀 날개가 돋았다.

그것은 몬스터보다도 곁에서 함께 돌격하던 유저들에게 더욱 놀라운 일이었다.

"워어?!"

"갑자기 무슨 날개가—."

그러나 놀랄 일은 그게 전부가 아니었다. 그 순간만큼은 루거의 포격이 일시적으로 지연이 될 정도였다.

이하와 루거에게도 신나라의 모습이 보였기 때문이다.

"나라 씨도 하늘을 날다니—."

"세이크리드 기사단 옷을 입고 날개까지 돋아나다니, 풰, 한동안 세이크리드 기사단에 들어가고자 하는 머저리들이 늘어나겠군."

신나라의 등에서도 두 개의 날개가 솟아났다.

이하는 그것이 라르크의 스킬 효과라고 생각했으나 자세히 보면 두 사람의 날개 형태가 달랐다.

라르크는 무지개의 검을 활용한 스킬이다.

드래곤의 특성 몇몇 가지를 빌려 오는 것으로, 그 날개의 형태 또한 드래곤의 것처럼 피막 형태로 되어 있었다.

그러나 신나라의 날개는?

"저 날개……."

이하는 어딘지 모르게 익숙한 느낌을 받았다.

이하가 알기로 저러한 날개를 장착했던 미들 어스 내 존재는 딱 한 명뿐이었다.

—나라 씨! 그 날개—
—이하 씨, 아흘로가 있던 자리…… 기억나세요? 그곳에
서 힌트를 얻었어요.
—네?

〈라퓨타〉 너머에 다녀온 후 신나라는 줄곧 어디서 무얼 했
는가.
베르나르와 함께 그녀는 에즈웬에 들른 이후 곧장 '먼 과거
아흘로가 있었던 동굴' 주변을 탐사했다.
교황청의 보상이 아니라 바로 그곳에서, 신나라는 자신이
원하는 것을 찾아내었다.

—아직은 이 스킬 하나뿐이지만요.
—스킬……. 설마—.
—네, 저는 이제 〈신속의 검사〉입니다.

2차 전직을 해낸 신속의 검사.
화이트 드래곤의 날개를 단 무지개의 기사.
서로 다른 형태의 새하얀 날개를 단 두 명이 미들 어스의 하
늘을 수놓았다.

"캬아아아아앗—."

"구루루루루루……."

키메라들이 독을 토해 내거나, 늘어나는 촉수를 허공으로 휘둘러 보지만 모두 허사였다.

날아가던 독액은 얼음 덩어리가 되어 땅으로 떨어졌고 그들이 뻗은 촉수 또한 라르크가 톡, 건드리는 것만으로 부러질 정도였다.

"키킷— 화이트 드래곤의 냉기인가."

"저도 나비로 변해 날개에 붙은 가루를 떨어뜨릴 수 있긴 하지만……. 저건 차원이 다르네요."

비예미와 징경경은 라르크의 스킬을 곧장 분석해 냈다.

일부분만 변신할 수 있는 스킬을 지닌 징경경이지만 라르크에는 비교할 수 없었다.

징경경이 '날개'를 가지려면 '팔'을 희생해야 한다. 그러나 라르크는 말 그대로 몸에서 돋아난 것이므로, 현재 양팔이 온전한 상태다.

[사기잖아요! 내가 공룡화한 수준의 속도로 하늘을 날아다니면서 '자동'으로 냉기 브레스까지 뿜는 거니까! 게다가 검은 검대로 휘두르고 스킬은 스킬대로 또 쓰는 게 어디 있어!]

"으음. 케이, 너는 그런 말할 자격이 없는 것 같다."

검은 잔상을 휘몰고 다니며 언데드 열두 마리의 공격을 동시에 받아 내는 기정을 보고, 태일이 한숨을 내쉬었다.

"하지만 이것으로 돌파력이 한층 강해진 것만은 사실이죠. 킷, 지상의 전방은 길마 님이— 곳곳의 요인 암살은 페이우가, 그리고 공중에서 적들의 시선을 분산시키는 건 라르크가 해내고 있으니까."

비예미의 말처럼 라르크의 등장만으로도 돌파는 한층 편해진 상태였다.

에윈이 만족스러운 표정으로 다시금 속도를 높이고 있다는 게 바로 그 증거였다. 약 50%를 돌파한 수준에서 느려지던 돌파는 어느새 75% 이상 진행된 상태였다.

"하핫, 라르크 얘기만 하면 보이지도 않는 분이 섭섭하시겠네요."

"키키, 그래서 얘기 안 한 거라고요. 보여야 말을 하지."

징겅정과 비예미가 줄곧 라르크의 이야기만 하고, 기정이 라르크에 대해서만 불평을 터뜨린 이유는 따로 있었다.

신속의 검사는 일반 유저들의 눈에 보이지 않았으니까.

루거는 무언가가 번쩍거리는 장소와 제법 떨어진 곳을 향해 포격했다. 신나라를 맞추지 않고 포격한다는 건 불가능했다.

보이지도 않는 그녀를 피해서 쏘는 게 불가능했기 때문이다.

"망할 년, 브로우리스 소장 때는 왜 저걸 안 쓴 거지."

"안 그래도 그걸 물어보는 중이야."

이하가 보기엔 브로우리스나 키드의 움직임과 크게 다를 바 없건만, 그녀가 이 스킬을 아꼈던 이유는 무엇일까.

그 이유는 곧장 돌아온 귓속말에 의해서 알 수 있게 되었다.

—제어가 안 된다고요!

—제어요?

—일종의— 끼야악! 광역기 스킬이라고— 보면 될, 거예 요오오오오오!

라르크가 돌파의 걸림돌이 되는 부분을 찾아가 몬스터들을 일찌감치 정리하고 있는 반면, 신나라가 있는 곳으로 추정되는 지역에서 불규칙하게 빛이 번쩍이고 있었다.

그 이유는 바로 그녀 스스로 움직임을 통제할 수 없었기 때문이다.

신나라는 자신의 모습을 그 어떤 유저도 볼 수 없어 다행이라고 여겼다.

"끄으으읏—!"

이토록 빠르게 움직이는 와중에는 숨을 쉴 수도 없다.

권투 선수가 혼연의 연타 공격을 할 때 무호흡 증세를 보이듯이 그녀의 모든 공격은 무호흡 상황에서 이루어지고 있었다.

그나마 중간중간 정지 후 재가속하는 부분이 있어 다행이라고 해야 할까.

어느 정도 나아가서, 어디서부터 꺾을 수 있는지 여전히 파악하지 못했다는 게 슬픈 일이었지만, 그녀는 찰나의 틈마다 요령 있게 호흡하며 버티고 있었다.

'이걸— 공격이라고 할 수 있는 건가? 체면이 말이 아니네.'

그러곤 다시 그 움직임이 멈출 때까지 무호흡을 유지하며 자신의 스킬에 휘둘릴 뿐……

올림픽 펜싱 금메달리스트이자 아직까지는 국가 대표 현역으로 뛸 수 있는 자신이건만, 순식간에 스쳐 지나가는 주변의 적에게 겨우 검을 지르는 게 최선이라니.

그나마 신나라급의 동체 시력이 있었기에 가능한 일일 것이다.

일반적인 유저들이라면 이런 스킬을 획득해도 제대로 사용할 수조차 없으리라.

그녀는 신속神速의 검사라는 표현처럼, 신이 아닌 이상 볼 수 없을 것 같은 속도로 마왕군 몬스터들을 도륙해 나가고 있었다.

신나라와 라르크, 기정과 페이우 등의 활약으로 인해 〈신성 연합〉의 봉시진은 상당한 기세로 적들을 돌파해 냈다.

78%, 82%, 85%…….

이하는 루비니의 지도에 대해 실시간으로 전달받으면서도 자신의 눈으로 그 감感을 잡고 있었다.

'됐어. 조금만 더 가면 되는데…….'

이하는 입술을 지그시 깨물었다.

50%에서 막혀 버렸던 돌파는 이제 끝을 향해 다가가고 있다. 그러나 그것을 가능토록 만들었던 유저들의 스킬 지속 시간 또한 끝을 향해 다가갔다.

진작 스킬이 끝난 페이우와, 〈공룡화〉가 해제된 기정, 역시 날개가 희끗하게 보일 무렵부터 착륙한 라르크까지…….

가장 마지막에 스킬을 시전 한 신나라가 조금 더 버텼을 뿐이지만 그녀도 얼마 지나지 않아 땅으로 내려오게 되었다.

세이크리드 기사단의 기사단원들과 퓌비엘의 유저들이 그녀를 향해 엄지를 치켜들었지만 더 이상 즐거운 상황은 아니었다.

'87%……. 조금만 더. 13% 수준만 밀어붙이면 되는데!'

사기가 북돋아져 있는 힘껏 치고 나간 돌파에 의해 뚫린 것은 고작 1% 남짓.

그다음은?

무리한 도핑 이후 찾아오는 부작용에 가까운 것이었다. 눈에 띄게 돌파력이 약해진 〈신성 연합〉의 돌파에 마왕군은 대처하고 있었다.

세로로 놓인 직사각형의 벽진을 북측 70 : 남측 30 정도의 비율로 나뉜 위치에서 뚫고 들어가던 그들이었다.

마왕군의 남측 30 중 진작 돌파당한 몬스터들이 벌써부터 선회하기 시작했다.

북측 70으로 나뉜 몬스터 중, 애당초 돌파와 관계가 없던
몬스터들은?

"칼리 님, 다시 뒤편을 보강하고 있습니다. 놈들이 뚫는 시
간 전에 도착할 것 같습니다."

"크크크, 좋아. 폭발력을 잃은 놈들이 언제까지 버틸 수 있는
지 보자고. 우리는 무한하게 늘어나는 벽으로 상대해 주마."

봉시진의 화살촉이 가리키는 그 끝, 칼리는 마왕군 몬스터
들을 교묘하게 운용하여 뒤를 보강하고 있었다.

봉시진이 뚫고자 했던 진영의 두께가 다시금 늘어나고 있
었다.

그것은 이하로선 원치 않는 전개였다.

뚫을 수 있을 것인가, 막힐 것인가.

"네 녀석의 계획이 물거품이 되겠는데. 캬하핫, 에윈과 그
랜빌이 몽땅 죽으면 다 네놈 탓이 되는 거다."

"젠장……."

루거는 이하를 놀리듯 말했으나 정작 이하보다 표정이 더
안 좋은 사람은 루거였다.

상황이 만만치 않게 흘러간다는 건 당연히 그도 알 수 있었
기 때문이다.

"조금 이르지만 어쩔 수 없겠어."

"뭐?"

"어쨌든 놈들의 시선을 잡아 놔야 할 테니까. 루거, 당신이 여기서 계속 포격해 줘. 걸리지 않게 해야 한다는 거 알지?"

"망할 놈— 나한테 다 맡기고 지는—."

"믿는다! 〈할루시네이션: 바하무트〉."

이하는 곧장 스킬을 사용한 후 수정구를 발동시켰다.

————————————……!!!!

모두가 피 터지게 싸우는 전쟁터에서 조금 떨어진 북측, 바하무트가 거대한 자태를 드러냈다.

가장 먼저 반응한 것은 1, 2세대 마왕군 몬스터를 이끄는 유저들이나, 그들을 뚫고 있는 〈신성 연합〉이 아니었다.

마왕군 진영에서 조금 떨어진 북측에서 대기하고 있던 30m급 공룡들이 숲에서 튀어 나와 달리기 시작했다.

"잡아라! 바하무트만 죽이면 우리의 승리나 다름없다!"

"캬하하핫, 죽여, 죽여! 메탈 드래곤은 어차피 상대도 되지 않는다! 우리를 막을 놈들이 없는 지금이 기회야!"

"드래곤 한 마리 잡을 때마다 메데인 님께서 마을 하나를 약속하셨다! 다 조져 버려!"

메데인을 제외한 길드 시날로아 소속 마왕군 유저들은 공룡 한 마리마다 탑승한 상태였다.

"바하무트가—."

"워어어, 메탈 드래곤들이 오려나 보다!"

"근데 왜 저기서 튀어 나왔지? 도와주려면 이쪽으로 와 줘요!"

아직 작전에 대해 명확히 듣지 못한 대부분의 유저들은 바하무트의 등장만으로 힘을 내었다.

이하가 바하무트의 환영을 소환한 이유는 몇 가지가 있었다.

그중 하나는 역시 이러한 사기 진작의 요소였다.

"……뚫어야 한다. 초원의 아들들이여, 나와 함께 나가자."

"빨리! 놈들이 저쪽에 잠시라도 한눈을 판 지금입니다!"

이하의 계획을 들은 유저들은 사태가 결코 좋지 않다는 걸 파악했다.

이하가 틈틈이 귓속말을 통해 정보를 뿌리고 있었지만 예 정보다 '빠른 시점에' 바하무트가 등장시켰다는 것은, 자신들 이 파악하고 있는 것보다 더 상황이 좋지 않다는 뜻이리라.

특히 모든 작전을 상세하게 들었던 라르크와 신나라로서는 어느 정도의 각오를 마칠 필요가 있었다.

"나라 씨!"

"네!"

"……하이하 씨한테 연락하세요. 그냥 실행하라고."

"하— 하지만—."

"제가 말하면 안 들을 겁니다. 그리고 이렇게 못 뚫고 있다 간 어차피 우리 모두 끝이에요, 알죠!?"

라르크가 주저하는 신나라를 몰아붙였다.

신나라는 잠시 입술을 질끈 물었으나 그녀 또한 더 이상 방법이 없다는 걸 알고 있었다.

나아가야 할 길은 점점 늘어나고, 속도는 오히려 느려진다.

남측으로 쪼개졌던 마왕군 몬스터들이 자신들의 뒤를 완벽하게 잡게 된다면 이 전쟁은 끝이다.

그러기 전에, 자신들이 조금 희생하는 한이 있더라도 실행해야 한다.

—이하 씨, 쓰세요.

—무슨 말씀이세요! 아직 더 해 봐야지! 우선 바하무트로 시간 끌고 있으니까!

—칼라미티 레기온이 벌써 나왔어요. 바하무트가 환영이라는 건 금방 눈치챌 거예요. 그렇게 되면 이하 씨가 세운 나머지 작전도 끝인 거 모르겠어요?

—하지만 원래대로 썼다간 거기 계신 여러분의 안전도 장담할 수 없습니다.

—괜찮아요.

—네?

비록 전쟁 통에 신나라의 얼굴이 보이진 않았으나 이하는 그녀의 목소리만으로도 알 것 같았다.

당연히 이것은 신나라 개인의 판단이 아니다. 작전을 알고 있는 모든 자가 어느 정도 각오를 마쳤다는 뜻이다.

"젠장, 이랬다간 또…… 또 아엘스톡에서의 그 짓거리를 반복하게 되는 걸 텐데!"

"오빠."

"일이 잘 풀리지 않았나, 하이하."

이하가 수정구를 사용해 온 곳은 퓌비엘의 남측 경계 탑이었다.

정확히는 〈신성 연합〉에 의해 쪼개진 남쪽의 몬스터들이 가장 잘 보이는 위치 중 한 군데로 선정된 장소.

그곳에서 대기하고 있는 건 람화정과 아르젠마트였다.

"일이 잘 풀리지 않더라도 진행해야 할 때가 있는 법. 모든 것을 네 손으로 통제할 수 있을 거라 착각하지 말고 받아들여라."

"말은 쉽죠! 어설프게 〈하얀 죽음〉을 썼다간 다음부터 놈들이 걸리지 않을 것이고— 그렇다고 최대한의 효율을 낼 때 사용하자면 〈신성 연합〉 사람들이 휘말릴 텐데!"

"그것이 바로 너의 선택이다. 너는 무엇을 선택하겠는가."

〈신성 연합〉의 돌파가 북, 남측의 몬스터 비율을 다르게 찢는 이유는 하나뿐이었다.

스킬 〈하얀 죽음〉이 낼 수 있는 최대한의 효과를 얻고자 했던 것.

몬스터들의 평균 부피는 얼마인가, 평균 밀도는 얼마인가.

이하의 스킬 〈스노우 스톰〉과 람화정, 아르젠마트의 스킬을 모두 더했을 때 눈이 내리게 만들 수 있는 범위는 어느 정도인가.

해당 범위 안에 몬스터들을 가장 많이 몰아넣기 위해선 어떤 상황을 만들어 놔야 하는가.

한 방향으로 돌격하는 몬스터들이 먹잇감의 뒤를 잡기 위해 [선회]할 때.

바로 그때, 아무리 부피가 크다 하더라도 몬스터들의 밀도가 높아질 수밖에 없다.

제한된 땅, 눈이 내리는 지역 안에 옹기종기 녀석들이 모였을 때 〈하얀 죽음〉을 쓰고자 했던 게 바로 이하의 작전이었다.

당연히 그러기 위해선 그 범위 안에 휘말리지 않도록 〈신성 연합〉의 돌파가 모두 끝나 안전거리까지 나아간 다음이어야 한다.

그러나 지금은?

아르젠마트의 말대로 선택을 해야 한다.

수도 아엘스톡에서 일어났던 참사처럼, 〈신성 연합〉의 후미가 말려드는 한이 있더라도 최고 효율을 노릴 것인가.

아니면 밀도가 어중간한 순간에 쏴서 희생 없이 적은 성과

라도 낼 것인가.

이하의 고민은 금세 해결되었다.

—하이하 님, 누군가가 오고 있습니다.

—어디서— 누가요?

—마왕군의 뒤편에서— 갑작스레 점 하나가……. 엄청난 기세로 몬스터들을 뚫고 있어요! 혼자서 마왕군의 벽을 엷게 만들고 있습니다!

—네? 누가— 어떻게?

몬스터들의 후방에서부터 다가오고 있는 정체 모를 원군의 등장.

루비니도 그 존재만 파악했을 뿐인 원군의 정체는 〈신성 연합〉의 최첨단에 있던 유저들이 가장 먼저 보게 되었다.

라르크와 신나라, 기정을 포함한 별초의 모두는 믿을 수 없다는 듯 눈을 끔뻑였다.

개중에서도 가장 표정이 급변한 것은 페이우였다.

뒤에서부터 달려오고 있는 것은 페이우의 가장 큰 라이벌이었으니까.

"……이고르?"

랭킹 5위 아그롬니 이고르가 마왕군을 찢어 내며 달리는 중이었다.

Geschoss 5.

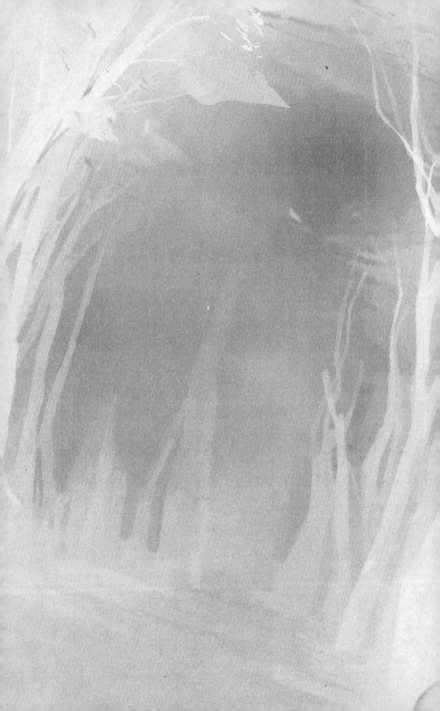

"이고르가 왜—."

"함정일 수도 있어요! 이고르가 갑자기 우리를 도울 이유가 없어!"

주변의 유저들이 의구심을 갖는 것 이상으로 기정은 이고르를 경계했다.

이제 와서 이고르가 〈신성 연합〉을 돕는다는 건 믿기 어려운 일이었다. 특히 길드 별초의 길드원들은 더 그런 감정을 지닐 수밖에 없었다.

이하가 미들 어스를 시작한 지 얼마 안 됐을 무렵, 별초와 화홍은 길드전을 벌인 적이 있다.

당시 화홍이 포섭한 길드가 황룡이었고, 별초의 길드 마스터 혜인과 잠입해 있던 사스케가 포섭한 게 바로 이고르와 짜르였다.

이미 치요의 부하였던 사스케와 함께 이고르가 별초를 배신하는 바람에 죽임을 당한 유저들이 상당하지 않았던가.

그러나 같은 별초이면서도 조금쯤 생각이 다른 유저들도 있었다.

그때의 전투에는 참가하지 않았으며 동시에 머리 회전이 빠른 자.

"킷킷, 너무 속단하지 말자고요, 길마 님. 마왕군에서 버림받고, 치요한테 버림받고, 결국 다시 이쪽으로 붙었을 수도 있으니까."

"말도— 비예미 씨! 절대 아녜요. 이고르는 그럴 인간이 아 님—."

"뭐, 저도 그런 가능성은 높아 보이네요. 주변에 짜르도 없는 거 보니, 모두가 다 떠났을 수도……."

라르크가 기정의 곁으로 와 비예미의 편을 들어 주었다.

실제로 이고르는 홀몸으로 적을 상대하고 있었다.

더욱이 이곳은 연기할 자리가 아니다. 〈신성 연합〉의 입장에선 마왕군을 완전히 돌파한 후, 그 속도를 살려 거리만 벌리면 모든 임무가 끝난다.

그렇게 중요한 자리에서 〈신성 연합〉을 돕는다?

이것은 국왕을 미끼로 브로우리스를 잡으려고 했던 식의 '연기'나 '함정'으로 보기엔 너무 완벽한 포인트였다.

"마스터케이 대협, 저 또한 이고르라면 치를 떠는 사람 중 하나요."

"페이우 님?"

"하지만…… 지금 저 모습은 거짓으로 보기 힘드오."

페이우는 멀리서 튀어 오르는 마왕군을 보았다.

포 핸디드 오우거의 팔 네 개가 순식간에 잘리고, 팔이 잘린 위치로 이고르는 자신의 머리를 집어넣었다.

몬스터의 피를 그대로 빨아 마시면서 휘두르는 그의 새로운 검이 키메라를 완벽하게 다져 버렸다. 키메라의 몸에서 새어 나오는 독액도 그의 검을 녹이지 못했다.

듀라한이 이고르를 베어 내려 수직으로 검을 내리치지만 몬스터의 피를 빨아 마신 이고르의 온몸은 이미 새빨개져 있었다.

단순히 피가 묻은 게 아니라, 그의 직업적 특성 '버서커'의 스킬 효과 중 하나라는 건 금세 알 수 있는 일이었다.

단단해진 팔로 듀라한의 검을 막고, 이고르는 흡혈을 멈추고 그대로 듀라한의 가슴팍으로 머리를 내밀어 그의 갑주를 물어뜯었다.

치아만으로 갑주를 부숴 버리는 행동 이후 다시 주먹을 질렀을 때, 듀라한은 이미 구멍이 뚫린 후였다.

야만적인 것을 넘어서 다소 흉측할 정도로 거친 전투 방법은 결코 연기가 아니었다.

적의 뒤를 잡고 치는 게 수적 열세를 보완하는 방법이라지만 지금은 수적 열세라고 부르기도 민망한 상황이다.

고작 한 명이서 수적 열세를 뒤엎을 수는 없다. 이고르는 혼신의 힘을 다해 싸우고 있다고 봐야 한다.

"크으! 하지만 이번에도 쇼하는 거라면—."

"하이하 대협도 이고르를 믿고 있을 것이오."

"네?"

"아마도 저것이⋯⋯."

이고르와 쌓인 게 많은 페이우였으나 그는 오히려 혼신을 다하는 이고르에게서 무언가를 느끼고 있었다.

비예미가 말한 것처럼 이제 그 어떤 세력에도 들어가지 못하고, 짜르에게조차 버림받았을 가능성이 큰 한때의 라이벌.

약간의 연민과 약간의 동정심 그리고 뿌린 대로 거둔다는 격언이 페이우의 가슴에서 떠오를 때쯤⋯⋯.

"그 증거일 거요."

페이우는 자신들이 방금 지나온 지역이자, 아직 봉시진의 후미가 달리고 있는 지역을 가리켰다.

신나라와 라르크 그리고 에윈도 그곳을 보았다.

그곳에선 눈이 내리고 있었다.

갑작스레 내리기 시작한 눈이 무엇을 뜻하는지 파악한 마왕군 소속 유저는 아무도 없었다.

이하는 재빨리 물었다.

"람화정 씨, 아르젠마트 님, 반경은 총 어느 정도나 되죠?"

"계속. 커져."

"아직은 우리가 더 빠르다."

현재의 범위보다 더욱 넓게 눈을 흩날리게 만들 수 있다는 의미이며, 돌파 속도보다 강설 범위가 더 빠르게 확산하고 있다는 뜻이다.

그럼에도 이하는 그들을 멈춰 세우지 않았다.

"오케이, 계속 키워 주세요."

이하는 곧장 블랙 베스를 들고 자리를 잡았다.

이고르가 어째서 나왔는지 그 이유는 알 수 없다. 그러나 한쪽에서만 뚫고 가는 게 아니라, 반대 방향에서 돕는 힘이 있다면?

"이제 곧 돌파할 수 있을 거야."

80%까지 줄었던 진행률은 다시금 84, 86, 87%로 치솟았다.

여기까지 왔다면 이제 이고르를 믿어야 한다.

—기정아, 다 이끌고 나갈 수 있지?

—쩝, 마음 같아선 이고르 자식, 방패로 머리를 찍어 버려도 시원치 않지만……. 알았어, 최대한 뚫어 볼게.

—믿는다. 혹시나 레이저가 튕겨 나가도 에윈 잘 지키고.

—걱정 마셔.

후우우우…….

—빌어먹을, 공룡 새끼들이 너무 많아! 나 혼자 막는 건 무리다.

—조금만. 조금만 더 버텨, 루거.

—망할 자식! 나 혼자 힘든 일은 다 하고 지는 또 어디서—.

이하는 투덜대는 루거의 귓속말을 꺼 버리고 전방을 주시했다. 미들 어스의 직업적 특성이 고스란히 드러나는 전장이 멀리 보였다.

'과연 버서커야. 애당초 이고르는 일 대 다수의 전투에 적합하게끔 설계된 직업을 택했었지. 줄곧 싸워 왔던 전쟁터도 그런 곳이고…….'

1:1에 특화된 무도가, 페이우와 다르다. 길드 황룡의 골칫거리가 바로 그 점이었다.

다수로 적을 제압하려 할수록 이고르는 강해지니까. 그런 그의 특성은 지금의 전장에서 빛을 발하는 중이었다.

적이 1세대 마왕군 몬스터든, 2세대 마왕군 몬스터든, 마왕군 소속 유저든 가리지 않았다.

이고르야말로 신대륙 중부 대평원에 부는 피바람, 그 자체나 다름없었다.

'타이밍이 조금 아쉽긴 하지만 지금이 딱 좋아.'

마탄의 사수

남측의 몬스터들 중 선회를 끝낸 게 약 삼 분의 일가량 된다. 그들은 봉시진의 후미를 잡기 위해 달리고 있다.

그런 그들의 바로 곁에선 아직도 선회를 미처 끝내지 못한 몬스터들이 꾸물거리고 있다.

말하자면 빵을 반으로 접은 상태에 가깝다는 뜻.

'인구 밀도가 높기로 유명한 서울에서 제곱킬로미터당 분포 인원은 1만 6천 명.'

몬스터들의 부피는 사람에 비해 훨씬 크지만, 지금처럼 몰려 있는 시점이라면…… 밀도가 최대한으로 올라가는 시점이라면 결코 그보다 적지 않을 것이다.

'아니, 어쩌면 그보다 더 높을 수도 있어. 적게 잡아도 1제곱킬로미터당 1만 5천은 족히 될 거다. 그리고 지금은—.'

이하는 눈이 내리는 지역을 재빨리 훑었다.

"람화정 씨, 아르젠마트 님! 범위—."

"람화정과 나의 범위를 통틀면 직경 7km는 족히 나올 것이다."

"좋아요, 그렇다면……."

더 이상 고민할 것은 없다. 이제 남은 것은 타이밍뿐이다.

밀도는 최대한으로 상승했다. 직경 7km의 넓은 강설 지역 안에 몬스터들이 빡빡하게 차 있다.

이 시간은 오래가지 않을 것이다.

하아아아아……

—기정아, 루비니 님, 현재 상황은요?

—우뢔아아아아! 혀어어엉!

—이제— 곧, 아니, 지금!

현장의 기정과 지도를 살피는 루비니가 동시에 답했다.

—뚫었 '다!, 어요!'

〈신성 연합〉의 봉시진은 그랜빌의 장담대로 진형을 무너뜨리지 않은 채 1, 2세대 마왕군이 만든 벽을 돌파했다.

이고르 홀로 돌파해 온 수치는 약 4% 남짓으로 결코 무시할 수 없었다. 당연히 그건 에윈도 알고 있었다.

"이름이 무언가."

에윈은 스치듯 지나가며 물었다.

에윈 주변의 유저들이 이고르를 흘끗거리며 경계했지만 이고르는 그들을 잠시 훑어보기만 할 뿐, 특별히 덤벼들진 않았다.

"……아그롬니 이고르."

오히려 그는 조용히 에윈의 물음에 답하고 있었다.

어차피 이 전장의 사령관은 에윈이다. 당장 이가 갈리는 유저들이라도 함부로 덤벼들 순 없었다.

"따라오게."

그들의 사령관이 그를 받아들였으니까.

아직 〈신성 연합〉의 일원으로 인정한 것은 아니었지만 어쨌든 이번 전투를 한정해서는 이고르와 함께 다니게 될 것이다.

"이고르 당신이 무슨 생각을 하든— 어차피 오래가진 않을 겁니다."

"무슨 소리지, 무지개—."

"보면 알아요. 우리가 한 일도 기적이지만, 뒤에선 진짜 기적이 일어날 거거든."

라르크는 이고르에게 한마디를 툭, 던진 후 그대로 에윈을 쫓았다.

이고르 또한 에윈의 뒤를 따라 달리고 있었지만 그의 시선은 전방을 향해 있지 않았다.

라르크가 마지막으로 가리켰던 지역, 눈이 펑펑 내리고 있는 곳에서 무슨 일이 일어날지 어느 정도 감을 잡았기 때문이다.

"……하이하인가."

이고르는 고개를 돌렸다.

"쳇."

이하가 활약하는 모습만큼은 별로 보고 싶지 않은 그였다.

이고르가 어떤 생각을 하든, 말든 이하가 신경 쓸 것은 아니었다.

　―충분히 멀어졌어요. 설령 하이하 님의 스킬이 무작위 반사한다 하더라도 그랜빌 님까지 닿을 확률은 매우 적습니다.

　―좋았어요, 그럼!

　이제 모든 준비는 끝났다.

　불가능해 보이던 몬스터의 양분과 밀도 집중을 〈신성 연합〉은 해냈다. 이젠 자신이 답할 차례다.

　책임을 져야 한다.

　"이건 내가 그린 그림이니까."

　블랙 베스의 총구 끝으로 새하얀 알갱이들이 모이기 시작했다.

　"〈하얀 죽음〉."

　투콰아아아――――――……!

　총성과 함께 한 줄기 빛이 쏘아져 나갔다. 이하는 더 이상 기다리지 않았다.

　"다녀올게요. 두 분도 마나 소모가 엄청났을 텐데, 적당히 하고 돌아가세요. 〈고스트 인 더 쉘〉."

　"음."

아르젠마트가 미처 답하기도 전, 이하는 이미 또 하나의 탄환을 발사했다.

그의 총구가 향한 곳은 북측, 바하무트의 환영과 루거가 있는 곳이었다.

"디스펠 준비! 메탈 드래곤이 얼마나 숨어 있을지 모른다!"

"바하무트를 상대하는 놈들을 제외하곤 철저히 3인 1조로 행동해! 에인션트급 드래곤이라도 문제없어! 놈들이 브레스를 쓰거나 스킬을 쓰면 곧장 디스펠해 버려!"

바하무트는 날갯짓조차 없이 근엄한 태도로 공중에 떠 있었다.

신대륙 중앙부의 경계 탑까지 온 그들에게 더 이상 장해물은 떠오르지 않았다.

이대로 메탈 드래곤을 제압하고, 그대로 서부 진격을 이어간다면 에리카 대륙은 자신들의 손에 들어오는 것이나 다름없다.

소속 길드원들에게서 실시간 보고를 받는 메데인도 그러한 생각을 갖고 있었다.

─좋아, 다 부숴 버려라. 놈들이 세운 허술한 장벽과 경계

탑까지 모조리 부수고 진격해!

—알겠…….

—음? 무슨 일 있나?

그러나 메데인에게 더 이상 실시간 보고가 들어가는 일은
없었다.

칼라미티 레기온을 이끌던 길드 시날로아의 유저들과 심지
어 그 어느 때에도 특별히 당황하지 않는 그들의 부길드 마스
터까지도 지금은 아무런 말도 잇지 못했다.

"부길마 님— 저건—."

"빛? 아니— 저게 뭐야?"

남쪽에서 무언가가 번쩍거렸다. 유저들은 잠시 당황했다.

무슨 일이 벌어진 거지?

"신경 쓸 필요 없다! 메탈 드래곤이 저쪽으로 갔다면 우리
가 다시 불러내면 돼! 바하무트를 향해 스킬을 써라!"

루거의 포격을 피해 빠르게 달리던 공룡들의 머리에서 각
종 원거리 스킬이 쏟아져 나갔다.

정확히는 그 머리에 앉아 있던 유저들이 사용한 것이었고,
온갖 암 속성의 공격 스킬들은 바하무트를 향해 그대로 쏘아
져 나간 것이다.

"어?"

"뚫었…… 사라졌다?"

"어떻게 된 거야? 바하무트가 왜 사라져!?"

슈와아아아······!

그 순간, 그들의 눈앞에 누군가가 나타났다.

"큭! 뭐냐!"

"빛의 정령?"

완전히 빛으로 둘러싸인 사람을 시날로아 길드의 유저들은
알아보지 못했다.

"도대체 레벨 몇 개가 오르는 거야?"

"빌어먹을 자식이! 귓속말을 꺼 버리면ㅡ."

"아니, 잠깐만. 지금 시스템 알림 창 때문에 루거 너 얼굴도
제대로 안 보이거든?"

그것은 레벨 업 이펙트가 쉼 없이 발동되고 있던 이하였다.

루거가 방방 뛰어 보았으나 이하는 그를 잠시 무시했다.

바하무트의 환영이 사라지며 칼라미티 레기온이 아주 잠깐
멈칫한 그사이였다.

"드래곤이 없다면 더 잘된 일이다! 당장 뚫어 버리자!"

길드 시날로아의 부길드 마스터는 소리쳤다.

포효하며 달려오는 각종 외형의 30m급 공룡들을 보며 루
거가 주춤거릴 때······.

"응, 멈춰."

이하는 그들에게 명령했다.

모든 공룡이 발을 멈췄다.

"캬라라라라……."

"구오오오……."

"크륵— 크르르르……."

진격하던 공룡들은 모두 제자리에 멈춰 섰다. 무슨 일이 벌어진 것인지 깨달은 사람은 아무도 없었다.

길드 시날로아의 부길드 마스터조차도 주변을 재촉하기만 할 뿐이었다.

"뭐야?! 달려, 이 자식들아!"

"뛰어! 움직여!"

"왜 이러는 거야, 이거! 왜 갑자기 말을 안 듣지?"

마왕군 소속 유저들은 마구잡이로 떠들며 자신들이 타고 있던 공룡을 후려쳤다. 그러나 완드, 스태프, 검, 채찍 등으로 독려해 봐도 공룡들이 움직이는 일은 없었다.

그렇게 30여 초가 더 지나고 나서야 마침내 길드 시날로아의 유저들은 깨달았다.

"될 리가 없지, 흐흐흐."

경계 탑의 가장자리에 서서, 자신들을 내려다보며 웃고 있는 이하의 표정이 현재의 상황을 말해 주고 있었다.

"……말도 안 돼."

"설마 저 사람이 멈추게 한 건가? 그게 가능해?"

"아니, 그럴 순 없어! 이, 이건— 푸른 수염이 직접 준 거라고! 파우스트에게서 길마 님한테, 그리고 우리한테 이전된 권한이야! 그분들이 아니라면 칼라미티 레기온을 멈추게 하는 건 불가능해!"

부길드 마스터가 악 소리를 내보았으나 주변의 유저들은 그 이야기를 믿지 못했다.

실제로 지금 그 어떤 공룡도 움직이지 않고 있지 않은가.

비단 공룡들의 진격이 멈춘 것에 놀란 건 마왕군 소속 유저뿐만이 아니었다.

이하의 옆에 서 있던 루거도 황당한 표정으로 마왕군 유저들을 내려다보았다.

"……기껏해야 레이저나 쏘는 걸 줄 알았다. 아니, 혹시 그 이상의 새로운 스킬이 나왔을지도 모른다고 생각하고 있었지. 하지만 이건……."

"응, 스킬은 아니야."

"설마 네 녀석의 말을 듣는 건가. 저 많은— 크흠, 저 빌어 쳐 먹을 괴물들이? 왜 말하지 않았지?"

루거는 이하에게 자세한 설명을 듣지 못했다.

마왕군을 처리할 계획이 있다고 했을 때 어떤 스킬 따위가 있을 거라 추측하는 게 전부였다.

실제로 이런 일이 일어날 수 있는 것인가. 그 또한 머리로는 이 상황을 이해할 수 없었다.

몬스터를 통제하는 유저라니?

그것도 마왕군 소속도 아닌 데다, 이것들은 '사우어 랜드'의 문명화된 공룡도 아니지 않은가.

"아, 테스트를 못 해 봤으니까. 잔뜩 말해 놨는데 혹시 안 먹히면 얼마나 쪽팔리겠어."

히죽거리며 답하는 이하의 얼굴을 보고 루거는 바닥에 침을 뱉었다.

"여전히 거짓말은 서툴군. 날 놀라게 하려고 이 지랄을 한 거냐."

"흐흐, 하여튼 냄새는 잘 맡아요. 뭐, 그것도 있긴 하지만……. 테스트에 대한 것도 어느 정도는 사실이야."

"무슨 소리지."

고개를 갸웃거리는 루거를 보며 이하는 환하게 웃었다.

에윈과 그랜빌, 라르크와 신나라 등이 모두 있는 자리에서 내세웠던 계획이었지만 무조건 먹힌다는 보장이 없었던 것도 사실이다.

"푸른 수염은 쟤네들의 모든 행동을 100% 통제할 수 있겠지?"

"그렇겠지."

"만약 나도 100%의 힘을 갖는다면⋯⋯. 즉, 100%와 100%가 부딪친다면 어떻게 될까."

이하는 여전히 끙끙대며 노력하는 마왕군 유저를 향해 잠시 혀를 찬 후, 업적 창을 열었다.

30m급의 공룡, 이하가 '미니 토온'이라 부르는 〈칼라미티 레기온〉이 처음 등장했을 때 이하는 크라벤 남방 항행을 막 마친 상태였다.

그리고 이하가 도착했을 즈음엔 이미 그들이 바하무트에게 성공적인 디스펠을 보여 준 후 후퇴한 다음이었다.

이하가 곧장 이곳으로 온 것은 단지 전투가 벌어졌기 때문만이 아니었다.

프라 크라벤을 구출하며 받았던 업적을 바로 활용하기 위해서였다.

〈업적: 프리, 프라 크라벤!(R)〉

축하합니다! 당신은 [로페 대륙 남방] 해역에서 고통 받던 수호 생명체, 프라 크라벤을 구해 내는 데 성공했습니다. 당신의 노력 덕분에 [심해의 지배자]라 불리는 일 모레이와의 끝나지 않을 것 같은 승부의 저울도 마침내 기울게 되었군요. 당신이 로페 대륙 남방 해역에서 보인 격렬하고 치열했던 전투는 모든 바다 사나이들과 해양 생명체들에게 전파될 것입니다. 그 어떤 거대 생명체도 두려워하지 않고, 고대의 수장룡들마저 능숙하게 처리한 당신을 보며 프라 크라벤은 자신의 능력을 조금 나누어 주고자 합니다. 모든 거대 괴수들은 당신에게서 나오는 프라 크라벤의 기운을 견뎌 내기 힘들 것입니다.

　보상: 스탯 포인트 100개

　　　　거대 괴수에 대한 지배력 +40%

　　　　수水 속성 저항력 +60%

　　　　(명예의 전당이 없는 업적입니다.)

　'이 업적 하나로 벌써 거대 괴수에 대한 지배력은 120%가 됐지.'

　R급의 업적이면서 보상이 세 줄이라 실망할 사람은 절대 없을 것이다. 화 속성 직업군 다음으로 많다고 볼 수 있는 수 속성 스킬에 대한 저항력이 압도적으로 올랐기 때문이다.

　'거기에…… 업적은 이것만이 아니었어.'

　프라 크라벤 업적과 함께 나온 또 하나의 업적에서도 거대 괴수 관련 문구가 있었다.

〈업적: 심해의 지배자, 일 모레이의 먹잇감(R−)〉

　축하할 일인지 모르겠네요! 당신은 [로페 대륙 남방] 해역에서 신화처럼 전승되는 심해의 지배자, 일 모레이의 눈에 들었습니다. 아주 오래전부터 프라 크라벤을 없애고 해당 해역을 차지하려던 심해의 지배자는 자신의 세력을 만들어 그 경쟁자를 없애려고 했지요. 그것을 방해한 게 당신이라는 것은 두말할 필요도 없을 것입니다.

일 모레이가 당신을 먹잇감으로 눈독 들이고 있다는 뜻은, 당신이 그가 거느린 수장룡의 30% 이상을 없앴다거나, 일 모레이 그 자신에게 상당한 수준의 피해를 입혔다는 의미일 테니까요. 부디 바다에선 보호자를 동반하시기 바랍니다. 일 모레이의 공격을 버틸 수 있는 수준의 보호자가 있을지는 모르겠지만요. 미들 어스는 언젠가 일 모레이의 배 속으로 들어갈 당신을 응원하겠습니다.

보상: 스탯 포인트 50개

수심 50m 이상의 바다에서 일 모레이의 습격 가능성 증가

모든 해역의 수장룡들에게 피격 시 피해 데미지 증가 +10%

거대 괴수에 대한 지배력 +10%

〈심해의 지배자, 일 모레이의 먹잇감〉 업적의 첫 번째 등록자입니다.

업적의 세 번째 등록자까지 명예의 전당에 기록이 되며, 기존 효과의 200%가 추가로 적용됩니다.

효과: 스탯 포인트 100개

모든 해역의 수장룡들에게 피격 시 피해 데미지 증가 +20%

거대 괴수에 대한 지배력 +20%

'여기까지 150%의 지배력이다. 하지만 미들 어스에서

100%를 초과하는 수치가 적용되는 경우는 많지 않아.'

공격 스킬 등의 경우에서 '일반 공격보다 강한 수준' 등을 나타낼 때는 150%나 200%의 수치가 적용된다. 그러나 저항력 등과 같을 때는?

이미 화염 저항력이 100%가 훌쩍 넘은 이하였지만 화 속성 스킬에 피격된다고 HP가 회복되는 경우는 없었다.

결국 100%가 문자 그대로 '한계'에 해당되는 것들이 있다는 의미였고, '지배력'과 같은 표기는 저항력과 같은 의미로 해석하는 게 옳다는 게 이하의 판단이었다.

"하지만…… 좀 놀라운데. 푸른 수염이 진짜 저 미니 토온들에 대한 지배력을 100% 줬어."

"음? 무슨 뜻이지?"

"푸른 수염이 파우스트에게 권한을 주었을 것이고, 파우스트가 사라진 지금, 그 권한을 지닌 자들은 조금 더 하향된 지배력을 지니고 있을 거라고 생각했단 말이지."

만약 마왕군 유저들이 거대 괴수에 대한 지배력을 80% 수준으로 위임받았다면 100%를 초과 보유한 이하 자신의 말을 듣게 된다.

그러나 100%와 100%가 맞부딪치게 된다면?

"크으— 저 인간, 하이하부터 죽여!"

"하이하를 죽이면 원래대로 돌아올 거다! 모두 내려서 스킬부터 쏟아부어!"

정확히 어떤 상황인지는 몰랐으나 마왕군 유저들도 이 일을 누가 벌인지는 알고 있다.

원인을 제공한 장본인을 죽인다면 상황이 원래대로 돌아올 것이라는 건 당연한 일이다.

"흥, 공룡들이 멈추긴 했다지만 아직 인간 놈들도 많다. 한 마리당 두세 놈씩 타고 있던 놈들도 있어. 500명이 넘는 인원을 상대하기 힘들어서 나를 불렀던 거군."

루거는 마침내 자신이 해야 할 일을 깨달았다.

단순히 공룡들의 진격을 늦추기만 한다기보다, 100%와 100%의 힘이 맞부딪치며 공룡들이 멈췄을 때, 그 뒤처리를 하기 위해 불렀다는 의미!

"아니."

"으, 응?"

"나도 분명히 100%와 100%의 힘이라면 서로 내린 명령이 상쇄되면서 멈춤 상태로만 있을 거라 생각했는데……."

이하는 코발트블루 파이톤을 들어 올리는 루거를 말렸다.

그러곤 어딘가를 가리켰다.

경계 탑을 향해 마구잡이로 스킬을 캐스팅하는 마왕군 유저들의 사이, 그 어딘가쯤을 보며 루거는 얼굴을 일그러뜨렸다.

"저 꼬리……. 설마 너— 네가 한 짓이냐?!"

루거는 이하가 한 모든 이야기를 알아들었다.

즉, 이하가 현재 어느 정도 수준으로 활약해야 할지 판단을 내렸다는 의미였다.

공룡들을 날뛰지 못하게 하는 것, 그들이 메탈 드래곤에게 디스펠을 사용하지 못하도록 막는 것.

그 정도면 충분하다.

메탈 드래곤들을 당장 이곳으로 불러낸다면, 마왕군 유저들이야 일거에 쓸어버릴 수도 있다.

하지만 이하의 힘은 거기까지가 아니었다.

이하는 웃었다.

"스킬들 갈겨! 빨리! 준비되는 대로!"

"기다리지 말고 공격해! 뭔가— 뭔가 이상해!"

웃고 있는 이하를 보며 마왕군 유저들은 이유 모를 서늘함을 느꼈다.

"주목————————!"

타아아아악……!

이하는 블랙 베스를 세웠다.

개머리판이 돌바닥을 때리는 경쾌한 소리는 마왕군 유저들에게도 충분히 들릴 정도였다.

그로 인해 몇몇 유저는 캐스팅이 취소되었다.

극한의 긴장과 불안 상태에서 울린 타격음이 그들의 집중력을 완전히 끊어 놓았기 때문이다.

"모든 '미니 토온'들은 디스펠을 실시한다, 준비된 공룡부터— 실시!"

진격 중 루거의 포격으로 인해 소실된 게 총 4기.

이하를 바라보고 있던 각양각색의 외형을 지닌 총원 326기의 30m급 공룡들이 동시에 호흡을 들이켰다.

"말도 안 돼! 네 녀석에게 그럴 힘이 있을 리가—."

"크르르르르……."

"—왜! 왜 나를 봐, 이 새끼야! 디스펠을 쓸 거면 저쪽이다! 저쪽을 향해 써!"

"부, 부길마 님! 뭔가 이상합니다! 칼라미티 레기온이— 이, 이 녀석들이 지금……."

마왕군 유저들 사이에서 소란이 일었으나 때는 이미 늦었다.

326기의 공룡은 동시에 포효했다. 캐스팅되던 모든 스킬이 취소되었다.

허무와 당황, 공포, 불안, 초조의 감정을 모조리 느끼는 길드 시날로아 소속의 유저들이었지만 그들보다 더 인상을 찌푸리고 있는 건 역시 루거였다.

"어떻게……."

"그니까 말이야. 나도 그런 게 보상으로 나올 줄은 몰랐거든."

"보상?"

"응. 퀘스트가 하나 더 있었어. 흐흐, 클리어 타이밍이 예술적이었지."

그것은 이하가 이곳으로 오기 전, 퓌비엘의 왕궁 앞에서 있었던 일이었다.

"하이하 님, 늦었습니다."

"……베르나르 씨."

"교황 성하의 명령으로 이곳에 왔습니다. 그리고 저 또한 하이하 님께 개인적으로 드릴 말씀도 있고요."

퀘스트 〈크툴루의 부름〉을 돕던 베르나르와 만났던, 바로 그날. 이하의 머릿속에 어렴풋이 이번 작전의 초안이 그려진 것이었다.

퓌비엘의 〈국민 총동원령〉 퀘스트가 끝나고 이하는 베르나르와 함께 에즈웬으로 이동했다.

같이 움직이던 베르나르에 비하면 그와 함께 온 에즈웬의 NPC들은 모두 흉흉한 분위기를 지니고 있었다.

행렬의 마차와 그 안에 실린 관을 지키기 위함이었다.

'브로우리스 소장의 장례를 치르는 일은 에즈웬에서도 극소수밖에 모른다는 뜻으로 봐야 하나.'

NPC들은 예우의 문제가 아니라 마왕의 조각에게 옮겨 붙은 마기를 운반하는 것으로 알고 있으니, 이런 분위기도 충분히 이해할 법했다.

워프 게이트를 활용한 이동은 그리 오래 걸리지 않았다.

행렬은 곧 에즈웬 교황청에 도착하게 되었다.

"모든 것은 예정대로 진행될 테니 그리 걱정하지 않으셔도 될 겁니다. 그리고……."

―〈알〉 쪽은 확인해 보시지 않아도 되는 겁니까.

베르나르는 〈크툴루의 알〉을 교황의 개인 기도실 내부에 설치했다고 말했다.

이하가 처음 그 이야기를 들었을 때는 소름이 돋을 정도로 놀랐었다.

교황은 베르나르를 통해 이하의 이야기를 들었고, 이단이라는 측면에서 그것을 인정할 수 없지만 이미 존재하는 것이라면 차라리 관리할 수 있는 장소에 두는 편이 낫다고 결정하여 그곳에 두었다는 것이다.

이하로서는 기대할 수 있는 최상의 결과라고 해도 좋았다.

교황이 직접 관여해 준다면 추후 모든 일이 끝났을 때 그것을 처분하거나 파괴할 또 다른 방법을 찾을 수 있지 않겠는가.

―네, 지금은 그것 때문에 온 게 아니니까요.
―그러면…….

베르나르의 질문에 이하는 고개를 저으며 답했다.

퓌비엘의 그 어떤 인원도 참가하지 않은 행렬이었다. NPC

들은 '저주받은 몬스터'에 관여하지 않으려 했고, 유저들은 뒷수습을 비롯하여 그동안 밀렸거나 벌어진 일들을 처리하기 바빴기 때문이다.

이 행렬에 참가한 퓌비엘 소속 유저는 고작 두 명이었다.

"소장을 봉인한 장소는 어디가 되는 거지."

그중 한 명인 루거가 베르나르에게 물었다.

베르나르는 아! 하는 작은 외침과 함께 마침내 이하, 루거가 따라온 이유를 깨달았다.

―브로우리스의 유골 단지가 보관된 장소는 추후 말씀드리겠습니다. 모든 절차가 끝났을 때 로그아웃 중이시라면 우편을 써서라도 위치와 접근 방법을 알려 드릴 테니, 너무 걱정 마세요.

브라운 베스 머스킷 아카데미의 '소장' NPC의 마지막을 확인하기 위해서 루거까지도 이곳에 쫓아왔던 것이다.

이하는 베르나르를 향해 인사했다.

―부탁드립니다, 베르나르 씨.

―퉤, 하이하 네 녀석이 끝까지 따라올 줄 알았다면 굳이 내가 오지 않았을 거다.

―엥? 키드한테 알려 주려고 미리 들으러 온 거야?

—무, 무슨! 누가 그렇댔나? 하여튼 일 끝났으면 난 간다. 브라운 조질 방법을 찾아봐야지.

　끝까지 툴툴대는 루거를 보며 이하는 어쩐지 마음이 편해 졌다.

　키드를 핑계 삼은 것인지, 정말로 키드를 생각한 것인지는 모르겠지만.

　무엇이 되었든 그 또한 미들 어스라는 게임 안에서 브로우리스라는 NPC에게 배운 게 결코 적지 않았다는 뜻이 될 것이다.

　루거가 사라진 이후 이하도 이동을 준비했다. 베르나르는 수정구를 꺼내는 이하를 보며 나지막하게 물었다.

　"그곳으로 가시는 겁니까."

　"네. 베르나르 씨께서 모든 일을 처리해 주셨으니 이제 가 봐야죠."

　"그, 그건— 늦어서 다시 한 번 사죄의 말씀을—."

　"하핫. 베르나르 씨를 탓하려는 게 아니에요. 도와주셔서 진심으로 고맙습니다."

　자책하는 베르나르를 말린 후 이하는 수정구를 발동시켰다.

[크툴루의 부름]

내용: [위대한 옛 존재]들의 알 설치 (4/4)

－크툴루 ：원주민들의 신앙의 중심이 되는 곳.

－과타노차: 가장 뜨거운 행성 에너지가 들끓는 곳.

－다곤 ：모든 생명의 근원이 되는 곳.

－보크루그: 300종 이상의 생명 에너지가 어우러지는 곳.

보상: ?

실패 조건: 적합한 장소가 아닌 곳에 알을 설치했을 시

실패 시: ?

이제 모든 조건은 만족되었다.

남은 것은 바이카르 호수에서 그들에게 보상을 받는 것뿐
이다.

"젤라퐁, 준비됐지?"

[퐁!]

"뭐, 이번에도 시비를 걸 것 같지는 않지만……."

[묘옹?]

이하는 젤라퐁을 톡톡 건드려 쓰다듬은 후 곧장 〈인어화〉
스킬을 사용했다. 여전히 인적이 없는 바이카르 호수에서 작
은 파문이 일었다.

크라벤 남쪽 해역에서 얻었던 업적들은 이번에도 큰 도움

을 주었다.

훨씬 빨라진 잠영 능력 덕분에 그들을 만나기까지의 시간
이 훨씬 단축되었던 것이다.

'새로 만든 총검도 있고, 일 모레이에게 공격이 먹히는 것
도 확인했잖아.'

무엇보다 이하에게 망설임이 없어졌다는 게 가장 큰 변화
였다.

퀘스트를 부여한 적이 공격하지 않을 것이라는 믿음과 함
께 신화급 생명체들을 겪어 본 경험은 자신감을 심어 주기에
충분했다.

부그르르륵————————!

[묘옹!]

"응, 아니군."

그 모든 것은 과타노차의 '호흡'으로 느껴지는 기포들이 올
라오기 전까지의 이야기였다.

여전히 후끈한 기운과 함께 기포들이 수면을 향해 폭발해
가는 순간, 이하는 헤엄을 멈추고 소리쳤다.

"하이하입니다! 여러분들의 〈알〉을…… 적합한 위치에 설
치하고 돌아오는 길입니다."

[알고 있다, 하이하.]

조건에 맞지 않으면 알은 자동으로 파괴된다고 했다.

파괴되었다는 어떠한 신호도 발생하지 않았으니, 그들도 분명 알고 있을 것이다.

물론 이하가 원하는 건 저런 대답이 아니었다.

"이제 여러분들께서도 약속을 지키셨으면 하는데요."

[이노옴! 감히 크툴루 님을 재촉하는 발언을 하느냐! 하찮은 인간 주제에!]

오랜만에 들어 보는 목소리에 이하는 잠시 헷갈렸으나, 여전히 과타노차의 목소리만큼은 완벽하게 분간할 수 있었다.

"재촉이 아니라 약속의 이행을 요청하는 거죠. 정확히 말씀드리자면 조금 다른 의미겠지만요."

이하는 어쩐지 웃음이 날 것 같았다.

여전히 [신화급] 생명체보다도 더욱 강력한 존재인 그들이 맞지만, 어쩐지 안도감이 드는 것은 왜일까.

[건방지게 말장난을—.]

[무언가 새로운 녀석을 만나고 왔군. 물과 관련된— 이곳에 그런 생명체가 아직도 남아 있었나.]

"……아마 보크루그 님이셨죠? 맞습니다. 아직 저조차도 알지 못했고, 아마 틀림없이 여러분도 알지 못하는 생명체가 이곳엔 많습니다."

물과 관련된 위대한 옛 존재, 보크루그는 이하가 어떤 식의 성장을 했는지 금방 알아보았다.

이하는 보크루그의 말을 통해 역시 저들을 상대하려면 [신화급] 이상의 무언가가 되어야 한다는 것을 알 수 있었다.

'생명체로 인정조차 안 하려던 발언을 하던 놈들이 '새로운 녀석'이라고 표현했다. 아마 프라 크라벤이나 일 모레이 정도는 되어야 겨우 '녀석' 정도로 불릴 수 있나 보군.'

이하의 생각에 동의라도 하듯 호수의 바닥 저 깊은 곳에서 잠시 웅웅거리는 떨림이 퍼져 나왔다.

[……흥미롭지 않나, 보크루그.]

그들의 장, 크툴루의 목소리였다.

이하는 아무런 말도 하지 않았다. 그것은 보크루그도 마찬가지였다. 크툴루가 말하는 도중에는 그 어떤 생명체도 끼어들지 않았다.

'프라 크라벤에 흥미를 갖는 건가.'

이하는 아차 싶은 생각이 들었다.

만약 그들이 신화급 생명체에 관심을 갖고 이 호수 밖으로 나가려 하면 어떻게 될까.

지난번에 왔을 때 이미 보크루그는 이곳의 물에 적응을 마쳤다고 했다.

'크툴루도 분명히 움직일 수 있을 텐데. 괜히 긁어 부스럼인 소리를 했나?'

부그르르륵…….

기포가 터져 올랐다.

이하의 걱정은 기우일 뿐이었다.

[하이하…… 찰나조차 안 되는 시간의 사이에 미물은 이런 식으로 변화하는가.]

이하가 크툴루의 말을 이해하기까지는 조금 시간이 걸렸다.

'내 얘기를 하는 거잖아?'

다시 한 번 기포가 솟았다. 크툴루는 프라 크라벤이나 일 모레이에 관심을 가진 게 아니었다.

지난번 바이카르 호수에 왔을 때의 자신보다 한층 성장을 이루어 낸 자신에게 관심을 가진 것이었다.

"여러분들께는 찰나도 안 되는 시간일지 몰라도 저희에겐 제법 긴 시간입니다. 우리는 계속해서 변할 겁니다. 제가 변하는 것에 못지않을 정도로 말이죠."

[크크크……. 그것이 거짓임은 알고 있다. 내가 이곳에서 지켜본 미물 가운데 이 정도로 급변하는 놈은 본 적이 없으니까.]

크툴루들에게 긴장감을 안겨 주려던 이하의 작전은 순식간에 실패했다. 그러나 이런 허술한(?) 말장난이 실패했음에도 이하는 긴장하지 않았다.

바로 그러한 점이 크라벤 남방 항행과 브로우리스 처치를 끝낸 현시점에서 가장 크게 변화한 부분일 것이다.

[너는 다르군. 르뤼에를 가라앉힌 녀석이지만…… 재미있어.]

"감사합니다."

[좋다. 나는 약속을 지키겠다. 미물 가운데에서도 가장 특별한 네 녀석에게 나의 힘을 나누어 주도록 하지. 부디 우리의 스폰Spawn이 깨어날 때까지 네 녀석이 살아 있기를 바라며―.]

　　―――――――――――――――!

　그 어떤 빛도 없던 호수의 바닥에서 붉은빛이 쏘아졌다.

　'큭?!'

　[묘오오옹―?]

　젤라퐁이 막아설 틈도 없고 이하가 피할 여유도 없이 그것은 이하의 몸에 비쳐졌다.

　이하는 그제야 크툴루의 힘을 눈치챌 수 있었다. 만약 이게 공격이었다면 이하는 죽었을 것이다.

　'피하기 힘든 공격 형태일 거라는 건 알았지만― 일 모레이 따위와는 확실히 비교도 안 되는군.'

　초월적 존재들은 이하의 예상을 당연하다는 듯 뛰어넘었다.

　[저 바깥 미물들 모두를 규합하여 나를 막을 준비를 해 보거라.]

　[크툴루의 부름 퀘스트를 완료하였습니다.]

　[개미집을 관찰하는 즐거움 업적을 획득하였습니다.]

　[위대한 옛 존재의 힘 업적을 획득하였습니다.]

　[신규 스탯―카리스마가 생성되었습니다.]

단순히 공격이 아니라, 그들이 선사하는 힘 또한 이하의 예상을 뛰어넘는 것이었다.

이하는 눈앞에 뜨는 시스템 알림 창을 보며 잠시 눈을 끔뻑였다.

업적 몇 개가 나올 것은 알고 있는 일이었다. 거기서 더 나아가 어떤 스킬을 주지 않을까 기대했던 것도 사실이다.

크툴루의 특징이라면 역시 주변의 모든 생명체의 정신을 오염시키고 육체를 변이시키는 일 아니던가.

'〈저수지의 개들〉이나 〈번 아웃〉의 강화판 같은 걸 얻을 거라고 생각했는데 이건…….'

그러나 크툴루는 이하의 생각처럼 '쪼잔한' 존재가 아니었다.

일회성 스킬이 아니라 자신의 특성 자체를 이하에게 심어버린 셈이었다.

[카리스마: 자신을 제외한 생명체에게 지속적으로 영향을 주는 시스템상 모든 옵션과 스킬의 효과가 제한 없이 추가 적용됩니다.]

"새로운 스탯의 해금이라니!"

평소의 이하라면 스탯의 사용처에 대해 한참을 고민했을 것이다.

정령들과 친해지는 데 사용하기에 좋다거나, 〈흥정〉 스킬을 사용했을 때 그 성공률이 높아지겠구나, 정도로 생각하고 그쳤을 게 분명했다.

그러나 지금은?

이하가 가장 최근에 얻었던 '타 생명체에게 영향을 주는 옵션'이 무엇이었나!

"하여튼 이러저러한 일이 있었다는 얘기지. 결국 푸른 수염이 거대 괴수들을 통제하는 힘이 100%라고 한다면 내 쪽은……."

이하는 모든 스킬이 디스펠 당하여 더 이상 저항의 여력조차 없는 마왕군 유저들을 보며 웃었다.

"〈플러스 알파〉가 붙은 통제력이라는 뜻이야. 이게 먹힐지, 안 먹힐지 확신할 수가 없어서 쪼끔 불안했던 거지."

그리고 지금 먹히는 것을 확인했다면 이제부터 할 일은?

당연히 하나뿐이었다.

"칼라미티 레기온은 이제부터 네 녀석들의 재앙이 될 거다."

이하는 큰 소리로 외쳤다.

"다 죽여! 젤라퐁, 〈전투 모드: 민첩〉! 그리고 〈소울 링크〉! 〈파트너: 소환〉! 오랜만에 하이하 사단 총출동이다!"

그곳은 326기의 30m급 공룡들과, 엄청난 수의 촉수를 자랑하는 젤라퐁, 그리고 레벨 400이 넘는 꼬마와, 블라우그룬에 의한, 대학살의 장場이었다.

Geschoss 6.

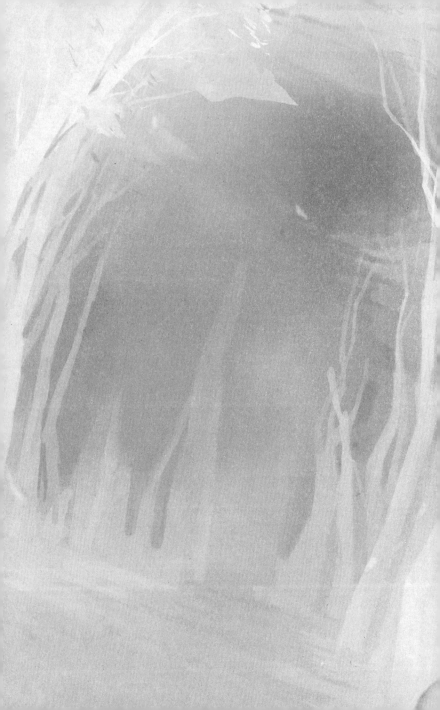

[허허, 그래……. 이것인가.]

"그렇습니다, 로드."

아르젠마트는 고개를 숙였다.

공중에서 드래곤 폼으로 변한 바하무트는 멀리 혼란에 빠진 마왕군 몬스터들을 바라보고 있었다.

조용한 분위기를 급격하게 깬 것은 역시 차가운 회색빛 머리칼을 지닌 여성이었다.

"말도 안 돼. 한낱 인간 따위가 어떻게 이런 일을 벌일 수 있다는 거지? 이 정도 범위의 마법은 바하무트 님이나 겨우 쓰실 수 있는 거 아냐!?"

"그는 해냈다, 젤레자."

"그러니까 믿을 수가 없다는 거라고요! 10만 마리? 10만 마리를 일격에 증발시키고! 이 정도 대지를 초토화할 수 있는 인간이 세상에 어디 있어!"

젤레자는 아르젠마트와 바하무트의 앞에서도 거침없이 자신의 의견을 피력했다.

웬만한 유저라면 모두 젤레자와 같은 생각을 했을 것이다.

미들 어스라는 '게임'이니 그것이 당연하지만, 이곳에 있는 유일한 유저는 젤레자의 편이 아니었다.

"우리. 오빠."

람화정은 이하가 이룩해 낸 일을 보며 순수하게 감탄하고 있었다.

그녀와 아르젠마트가 만들어 낸 초광범위 눈보라는 미들 어스 역사에 남을 정도라 해도 과언이 아니었다.

그러나 직경 7km가 넘는 지역에서 흩날리는 눈보라에 날아갔던 한 줄기 빛은 어떠했는가.

인공적으로 만들어 낸 눈 '따위'는 미들 어스의 그 누구도 기억해 주지 않을 것이다.

아무리 약한 몬스터라도 10만 마리를 모으기도 어렵거니와, 그것을 일격에 죽이는 일 따위는 미들 어스 세계관의 역사를 통틀어도 손에 꼽을 정도일 테니까.

젤레자는 람화정을 보며 눈썹을 찌푸렸다.

"닥쳐, 인간. 건방지게 내가 말하는데 끼어들지―."

"내 파트너에게 하는 말인가, 젤레자."

"……죄송합니다. 크으으으, 블라우그룬의 파트너 그 녀석! 하여튼 마음에 안 들어!"

아르젠마트의 한마디에 젤레자는 다시금 불평의 방향을 바꿔야만 했다.

[무엇이 그렇게 마음에 안 드느냐, 젤레자야.]

"이런 일을 벌인 것도 짜증 나는데, 감히 바하무트 님과 우리 메탈 일족 모두를 이곳으로 가라는 게 말이나 되는 거예요? 저쪽에 있는 저 수많은 몬스터들을 우리가 맡고 지들이 여기 찌꺼기들을 죽여야 하는 거 아니냐고!"

자존심이 세고 경쟁심이 강한 스틸 드래곤에게 이 정도의 AI는 기본이었다. 그에게 입력된 '라이벌'이 바로 하이하였기 때문이다.

그리고 젤레자는 라이벌로 입력된 이유를 가리키며 깡총 뛰고 있었다.

그들이 있는 남쪽 경계 탑에서 가까운 것은 〈신성 연합〉의 봉시진이 쪼개 놓았던 남측 몬스터 무리다.

1, 2세대 마왕군의 전체 진격 중 대략 30% 수준, 약 15만의 병력이 몰려 있던 그곳은 람화정—아르젠마트—하이하 세 명의 활약 한 번으로 현재는 고작 5만여 몬스터만 남았을 뿐이다.

그것도 결코 적다곤 할 수 없었으나 그것들의 수준을 고려하자면, 현재 이곳에 모인 '모든 메탈 드래곤'들에게는 큰 위협이 되지 않는다.

하물며 북측 몬스터 무리는?

여전히 30만 이상의 몬스터가 몰려 있는 북측 몬스터 무리는 메탈 드래곤의 몫이 아니었다.

[하이하는 계획이 틀어지지 않는 한 우리의 과다 개입은 필요하지 않다고 했다. 인간들의 힘을 키우기 위해서라도 계획대로 흘러가는 게 우선이라고 했지. 실제로 그들은 그들 스스로 일을 잘 해내고 있지 않느냐.]

"크웃— 그것도 그렇죠. 설마 저 나약한 인간 녀석들이 이렇게까지 할 줄은 몰랐으니까요."

분하고 억울함에도 인정은 한다. 그것이 젤레자의 특성이기도 했다.

바하무트는 젤레자를 보며 푸근하게 웃어 주고는 곧 고개를 돌렸다.

[어덜트급 이상의 우리 모든 일족은……. 〈신성 연합〉 대리인의 부탁대로 남은 몬스터를 섬멸한다.]

바하무트의 백색 거체가 하늘로 둥실, 떠오르는 순간 인간 형태로 있던 드래곤 30여 마리가 모조리 드래곤 폼으로 모습을 바꿨다.

캬아아아아————————.

드래곤들의 포효는 전장 곳곳으로 울려 퍼졌다.

"블라우그룬 씨, 저쪽도 시작했나 본데요?"

[로드께서 직접 오셨습니다. 지금 당장 도망가지 않는다면…… 녀석들은 끝일 겁니다.]

"으히히, 제발 그랬으면 좋겠는데. 꼬마야! 저기, 저 도망가는 놈 물어뜯고! 거기, 뿔 셋 공룡! 너는 저기— 저쪽에 스킬 캐스팅하는 놈 잡아. 젤라퐁! 저쪽 바위 뒤에 은신하고 있는 놈 있다! 바위까지 포함해서 쪼개 버려!"

그것은 북측에서 날뛰고 있는 하이하 사단의 위력을 한층 북돋아 주는 응원이었다.

재앙Calamity 군단은 마왕군 소속 유저들의 재앙이 되어 가고 있었다.

"도망쳐어어어어! 아래로! 넥스트 제너레이션쪽과 합류해라!"

"무작정 뒤로만 가지 마! 우리 속도가 더 느리니까 아래로 가야 한다! 1, 2세대 몬스터들과 합치면 돼!"

"로스 세타스 쪽에 연락해, 어서, 이쪽으로 구원 오라고— 빨리!"

길드 시날로아 소속 마왕군 유저들이자 칼라미티 레기온을 조종했던 유저들은 혼비백산 달아나고 있었다.

그들이 진격해 왔던 개활지로의 후퇴는 불가능했다.

30m급 공룡들의 압도적인 보폭에 의한 속도에서 벗어나는

게 힘들다는 건 그들이 더 잘 알고 있었기 때문이다.

따라서 그들이 도망갈 곳은?

〈신성 연합〉의 봉시진이 쪼개 놓았던 '북측의 몬스터 무리'들이었다.

이하는 326기의 칼라미티 레기온을 이끌고 길드 시날로아의 유저들을 로스 세타스 소속 마왕군 유저들과 1, 2세대 마왕군 몬스터를 향해 몰았다.

—라르크 씨? 보이지?

—안 보인다고 하면 내가 미친놈이죠. 참, 나……. 설마설마했는데. 아! 그래도 이고르의 참전은 예상 밖이었겠지? 설마 이고르도 하이하 씨가 보냈다고 하면 나 미들 어스 접을랍니다.

—그건 우연이었죠! 무서운 소리를 하고 있어. 내가 그 인간이랑 무슨 연락이 닿는다고.

—휴우, 그래야지. 그것까지 다 조종하면 당신이 무슨 유저야?

안도의 한숨까지 내쉬는 라르크의 귓속말을 들으며 이하는 웃었다.

그는 일부러 과장된 반응을 보이며 말하고 있다. 당연하지만 축제와 같은 이 분위기를, 이번 〈신성 연합〉의 작전의 마지막을 불태우기 직전이기 때문이리라.

　—하여튼 준비 잘 해 줘요.
　—내가 준비할 게 뭐 있습니까. 그 일의 전문가가 따로 있는데…….

　라르크의 말을 들으며 이하는 고개를 끄덕였다.
　전투가 시작되기 전부터 이하에게 이야기를 들었던 루비니와 람화연도 마지막 페이즈Phase의 상황을 이하에게 전달하고 있었다.

　—하이하 님, 〈신성 연합〉 측의 진형 변경이 거의 완료되어 갑니다. 그곳으로 몬스터들을 몰아넣는다면…….
　—신대륙 동부에서 새로운 적 원군의 출몰 기미는 없어. 마왕의 조각은 물론이고, 소속 유저들도 참전하지 않을 거야. 그러니까 놈들만 제대로 몰아넣으면…….

　두 명의 여자가 동시에 말했다.

　—이번 전쟁은 끝입니다.
　—이번 전쟁은 끝이야.

〈신성 연합〉의 군세로 50만 대군을 막기 위해 쌓아 올린 작전의 작전.

그 거듭된 큰 그림의 화룡점정은 바로 [망치와 모루]였다.

망치는 특별히 말할 것도 없었다.

블라우그룬에 올라탄 이하는 공중에서부터 자신의 기운이 닿는 모든 공룡들과 모든 소환물들을 조종할 수 있었다.

마왕군 유저들은 대체로 원거리 직업군이 많다.

그들은 몬스터들을 지휘하며 암 속성 스킬을 활용해 〈신성 연합〉을 상대하곤 했다.

그러나 칼라미티 레기온이라면?

"디스펠에 신경 쓰고! 그쪽부터! 좋아! 모든 공룡은 디스펠 위주로 움직인다! 당장 적을 죽이는 것과 디스펠 중 선택해야 하는 상황에 처하면 디스펠 우선으로! 처리는—."

고작 일곱 마리로 바하무트의 마법을 디스펠해 버리는 괴물들이 적으로 돌아선 순간, 그 어떤 마왕군 소속 유저들도 스킬을 쓰지 못하게 된 셈이나 마찬가지였다.

투콰아아아ㅡㅡㅡㅡㅡㅡㅡㅡㅡ……!

"—나머지가 맡아 주면 돼!"

스킬을 못 쓰는 마법사 직업군과, 물리적인 저항력이 부족한 1, 2세대 마왕군들?

그들이 강력하긴 하다지만 '하이하 사단'과 '칼라미티 레기온' 앞에서는 힘을 쓸 수 없다. 수가 아무리 많아도 마찬가지였다.

"〈저수지의 개들〉! 〈다탄두탄〉!"

[흐으으으읍—!]

"블라우그룬 씨! 남쪽 정리되는 대로 바하무트 님께 이곳으로 와 달라고 말씀해 주세요!"

[이미 말씀드렸습니다. 걱정 마십시오!]

최대급의 데미지를 자랑하는 이하 그리고 파트너 블라우그룬의 브레스 앞에서 견딜 수 있는 몬스터는 없다.

하물며 추후 더해질 메탈 드래곤 일족의 힘은 그야말로 장난이 아니다.

즉, 칼라미티 레기온과 자신의 사단을 이끌고 주변의 모든 유저들과 몬스터를 몰아 버리는 이하의 움직임이 바로 [망치]였다.

'좋았어. 이대로 가면 된다. 북측의 몬스터들도 선회해서 〈신성 연합〉의 뒤를 쫓고 있을 테니……. 이쪽으로 쭉 간다면 결국 두 병력이 한군데에서 합쳐질 거야. 그리고 그들이 향할 방향이 바로—.'

〈신성 연합〉의 군세가 있는 곳이다.

이하의 유일한 걱정은 몬스터들을 섬멸하며 가는 이 기세를 과연 그들이 받아 낼 수 있는가 하는 점이었다.

'하지만 그건 내가 걱정할 게 아니지.'

에윈과 그랜빌 모두가 동의했다.

이번 작전의 개요를 설명했을 때 그들은 '어느 위치'에서, '어떤 진형'을 갖추고 적을 상대해야 하는지 순식간에 파악해 내지 않았던가.

실제로 봉시진이라는 극렬한 돌파 진형을 갖추고 별다른 피해도 없이 뚫어 낸 에윈이 있다.

그리고 받아 내는 점에 있어서는?

그랜빌이 후미에 있었던 이유는 봉시진을 유지하기 위함도 있었으나, '다음 상황'을 바라보았기 때문이기도 하다.

실제로 이하의 걱정은 아무런 필요도 없는 행위였다.

〈신성 연합〉의 봉시진, 화살과 같은 그 진이 성공적으로 마왕군을 양분하게 된다면 그들은 어디에 위치하는가.

마왕군의 출발점이던 신대륙 동부와 가장 가까운 그룹은 이제 〈신성 연합〉이 된다.

그 〈신성 연합〉을 사이에 두고 남측에서 몬스터 무리들이 올라오려 했으나 〈하얀 죽음〉에 의해 패닉 상태가 되었으며 그 사후 처리를 메탈 드래곤 일족이 시작한 참이다.

즉, 남측의 몬스터들은 더 이상 몰려올 여력이 없다.

거기에 루비니, 람화연에 의한 추가적인 적군의 유무까지 실시간으로 파악되고 있다. 더 이상 동쪽에서 튀어나올 적은 없다.

그렇다면 가장 동쪽에 위치한 〈신성 연합〉의 군세는 어떻게 변할까.

"그랜빌."

돌격을 멈춘 채 후미까지 다가온 신성 연합의 총사령관은 퓌비엘의 파견 장군을 보며 말했다.

"이제부터 나를 포함한 모든 군사를 지휘해 주게."

"안 그래도 그럴 참이었네. 전원, 언월진偃月陣으로."

그랜빌은 한 치의 망설임도 없이 진형을 움직였다.

동쪽을 향해 날아간 화살은 이제 서쪽을 향해 불룩한 반달의 형태를 갖추기 시작했다.

후방과 측면의 적을 신경 쓸 필요가 없다면, 모든 방위를 막기 위한 통상적인 방진인 방원진方圓陣을 갖추지 않아도 된다.

더욱이 병력이 부족한 〈신성 연합〉으로선 모든 방위를 막기 위해 둥그렇게 배치하는 방원진方圓陣보다 오직 한 방향의 파도를 막기 위한 방파제처럼, 두터운 방세를 갖출 수 있는 언월진이 효과적이다.

[떠받치는 자, 그랜빌의 수비대에 포함되었습니다.]

[버프 - '하나의 국가를 지탱하는 힘'에 걸렸습니다.]

[버프 - '너희의 앞에는 그랜빌이라는 이름의 벽이 있다'에 걸렸

습니다.]

공격이 에윈이었다면, 방어는 그랜빌이다.

에윈의 돌격대에서 가장 선두에 섰던 유저들은 모두 그랜빌의 수비대에서도 활약하게 되었다.

극단적인 돌파를 위한 배치일 때보다 훨씬 견고한 형태였으나, 라르크와 신나라, 기정, 비예미 등이 최전선에 있기에 가능한 것도 사실이었다.

"휴우우……. 믿기지가 않기도 하고, 아무리 '선입력'된 상태였다지만 이렇게 빨리 진형 변경이 되다니. 세이크리드 기사단 150명의 진을 바꿀 때도 허우적거린 적이 있거든요."

"끌끌, 괜히 저 인간들이 장군이니 총사령관이니 하겠습니까. 어쨌든 이제 마지막이니 다치지 마세요, 나라 씨."

신나라의 바로 옆에 선 라르크는 일부러 그녀의 어깨에 자신의 어깨를 톡, 부딪쳤다.

언뜻 애교스러운 그들의 모습을 보며 기정의 눈이 튀어나왔다.

"워…… 두 분이 생각보다 뜨겁네요? 막 그런 막 낯간지러운 얘기도 아무렇지 않게—."

"킷킷, 길마 님도 보배 님한테 좀 해 보시라고요. 도대체 언제까지 맞는 남자로 살 건지."

"맞기는 누가 맞았다고 그래요, 비예미 님!"

마지막의 마지막.

더 이상 긴장할 것도 없는 [망치]와 [모루] 그리고 남측의 [소멸군]과 함께 하는 합전合戰.

그것은 사실상 마왕군 소속 유저들을 모조리 패퇴시킨 최종전이었으며, 1, 2세대 마왕군 몬스터 침공 병력 약 60만을 10만 이하로 떨어뜨리는 결과를 낳은 역사적인 대승의 기록이기도 했다.

와이튜브를 비롯하여 전 세계 미디어들을 열광하게 만든 그 전투는, 과정을 전해 들은 에즈웬 교황과 전투 당시 총사령관의 만장일치로 [에리카 대륙 백룡白龍 전투]라 명명되었다.

"이 정도면 되겠지요."

"그렇습니다, 성하. 이것으로 메탈 드래곤의 체면도 살릴 수 있을 것이고……."

"공로자의 이름도 은연중에 기록되겠군요."

그것이 바하무트를 칭송하기 위함이 아니라 〈하얀白 죽음〉과 〈공룡龍〉에 의해 좌우된 전투였다는 것을 눈치챈 사람들은 그리 많지 않았다.

미들 어스 공식 홈페이지의 역사관에 새로운 문구가 추가된 순간이었다.

부우우웅— 부우우우웅—.

"음…… 여보세요."

—또 전화해서 미안하다, 얘. 무슨 기자라는 사람들이 또 식당으로 왔어. 너 좀 보자고 하는데 어쩔까?

잠결에 전화를 받은 이하의 정신이 퍼뜩 돌아왔다.

모든 전투를 끝내고 미들 어스 내에서 〈신성 연합〉의 유저, NPC들과 자축 아닌 자축을 끝내고 나왔을 땐 이미 새벽이었다.

특별히 퀘스트가 있던 것도 아니었고 추가적인 보상이 있는 것도 아니었지만, 그들 모두 전투가 끝난 이후 새롭게 얻은 업적과 상승된 레벨 등으로 나눌 이야기가 많았던 것이다.

그렇게 미들 어스에서 몇 시간가량 놀고 나왔을 때, 이미 한국 시간은 새벽이었다.

하물며 미들 어스와 다르게 흐르는 시간 덕분에, 전투가 실질적으로 시작되고 끝나기까지 현실에서 걸린 시간은 얼마 되지도 않았다.

사건이 퍼지기까지는 조금 시간이 걸릴 거란 이하의 예상이 완전히 뒤집어질 정도로 이번 사건의 파급력은 큰 것이었다.

"흠흠! 엄마, 명함 받고 다 돌려보내 주세요. 안 가고 남아 있으면 그 명함에 표기된 방송국 쪽 인터뷰는 절대 협조 안 할 거라고 말씀해 주시고요."

이하가 자리에 눕기 전 벌써 도착한 메일이 12통이 넘었다.

소규모 인터넷 신문사에서부터, 한국 최대의 미들 어스 커뮤니티 운영진들까지 이번 전투에 대해 듣고 싶어 하는 자들이 많은 건 당연했다.

그리고 잠들자마자 전화 온 게 두 번, 그리고 지금의 한 번은 모두 대형 언론사 또는 미디어였다.

―이미 스피커 폰이다, 애.

"케헥! 아, 안녕하세요! 저도 당장 드리고 싶은 말씀이 많지만 아직 정리가 다 되지 않아서…… 나중에 연락드리겠습니다!"

―예, 하이하 님이시죠? ATBC 와이튜브 담당 팀입니다! 다른 곳과 인터뷰하시기 전에 꼭 저희와 한 번―.

"아, 오신 김에 식사나 하고 가세요. 저희 식당이 꽤 맛있거든요."

―그, 그러겠습니다. 그럼 일어나신 후에 꼭 연락 좀 부탁드립니다. 어머님, 제육볶음 두 개 주시고―.

이하는 전화를 뚝, 끊어 버리곤 한숨을 내쉬었다.

당연히 이번 사태를 이해하지 못하는 것은 아니었다. 그들이 다른 모든 활약 유저들을 제치고 자신을 찾는 이유가 무엇인가.

"에이, 잠도 다 깼네."

이하는 까치 머리를 긁으며 모니터 앞으로 다가갔다.

금세 켜진 컴퓨터 화면은 어느새 미들 어스 공식 홈페이지를 띄워 놓고 있었다.

"흐흐…… 으흐흐. 하긴, 내가 죽인 게 10만 마리가 넘었지. 그 업적도 떴으니—."

남측의 몬스터들을 향해 〈하얀 죽음〉을 사용한 후 북측에 막 도착했을 때 이하의 몸에선 빛이 끊이지 않았다.

도무지 셀 수 없는 레벨 업 이펙트와 알림 창 가운데 숫자 10만과 관련된 업적 창을 본 것도 기억하고 있었다.

"마왕군 녀석들을 몰아내고 막 이야기들 하느라 정작 캐릭터 창을 못 보긴 했지."

자신의 레벨이 어느 정도나 되었고, 스탯 포인트는 얼마나 쌓였을까.

적어도 레벨과 관련된 점은 컴퓨터 화면을 보는 것으로 얼추 예상할 수 있었다.

랭킹 29위. 하이하.

"으흐흐흐…… 나도 이제 공홈 정식 랭커다!"

이 정도 랭킹 차이에서는 경험치 획득 상태를 수준으로 몇

계단씩이 오르내리기도 한다.

위아래로 5계단 정도씩 차이 나는 랭커들은 사실상 이하와 같은 레벨이라 봐도 좋다는 의미! 이하가 가장 신났던 점도 바로 그것이었다.

'일루셔니스트, 환영술사 이환 씨 레벨도 거의 다 따라잡았다는 뜻이지.'

과거 24위였던 이환은 이하와 함께 다녔던 각종 퀘스트들과 모험으로 성장하여 현재는 21위에 머무르고 있었다.

불과 8계단 차이에 자신이 아는 랭커가 보인다는 게 얼마나 큰 설렘인지…….

반대로 말하자면, 자신보다 아래에 있거나 랭킹에 이름조차 없는 상당수 유저들은 이제 이하보다 레벨이 낮다는 의미이지 않은가!

'기정이 놈은 물론이고 혜인 씨랑 라르크, 비예미에— 킥킥, 루거랑 키드까지도 전부 내 아래라고오오오!'

그들도 보상이 없는 것은 아니었으나, 이제 막 랭킹 100위권 안으로 들어온 혜인과 기정 정도를 제외한다면 대부분은 레벨에서의 큰 차이를 느끼지 못할 정도였다.

일반적이라면 그런 유저들이라도 그동안 획득한 업적과 모아 두었던 스탯을 자랑하며 반격할 수 있지만…….

'내 앞에선 어림도 없지. 으히힛, 오랜만에 좀 멋져 보이겠구만.'

GM이 공식적으로 인정한 것과 다름없는 미들 어스 최대급의 스탯 괴물이 바로 자신이지 않은가.

비록 탑 텐에서는 큰 움직임이 없었지만 랭크 밖에 있던 유저가 단숨에 랭크 인 되는 경우는 최초인 데다, 전투의 규모가 워낙 컸으므로 커뮤니티에서 난리가 나는 것도 당연한 일이었다.

"거기다 인기 동영상은……. 쩝, 그래도 이제 〈하얀 죽음〉의 발동 조건은 사실상 들킨 셈이겠어. 티아마트전과 비교해 보면— 나랑 싸우는 유저들이 분석하지 못할 리가 없지."

와이튜브의 인기 동영상 10개 중 8개가 미들 어스 관련 영상이었다.

그중 4개가 이하의 〈하얀 죽음〉을 보았던 유저들의 관점에서 녹화된 것이었으니, [눈雪]이라는 매개체가 있어야만 무한히 분산되는 스킬의 효력은 웬만한 사람들이 다 눈치챌 수밖에 없는 것이다.

'그래도 마왕군 쪽은 이제 괜찮아. 칼라미티 레기온은 잘 주차해 놨고, 소속 유저들 중 상당수는 죽었다. 파우스트도 아직 로그인을 못 한 상태니까…….'

설령 눈치챘다 하더라도 그들은 막을 힘이 없다.

거기까지 생각이 진행되고 나서야 이하는 누군가가 떠올랐다. 이전보다 상당히 약화되었지만 여전히 어느 정도의 힘을 비축하고 있을 사람.

"치요는……."

어디서 무얼 하고 있을까.

이미 접속 제한은 풀렸을 것이다.

설령 접속 제한이 된 상태였어도 사스케를 비롯한 시노비 구미 인원들을 통해 미들 어스 내부의 이야기는 언제나 듣고 있었을 것이다.

그럼에도 아직까지 가만히 있는 이유는?

'포기했을 것 같지는 않은데……. 조용히 있어 주는 게 좋긴 하지만…… 괜히 불안하단 말이지.'

움직이면 짜증 나고 조용하면 불안한 존재.

게다가 치요만 거슬리는 게 아니다.

"아직도 브라운과 엘리자베스는 남았어."

마왕군의 기습적인 공격을 멋지게 받아치며 회심의 일격을 가했다.

하지만 그것은 에리카 대륙의 이야기일 뿐이다.

즈마 시티를 비롯하여 마나 중계 탑이 빼앗기지 않도록 버텨 내긴 했지만, 이미 로페 대륙 내부로 숨어 들어온 두 명의 초특급 암살자들을 찾아내기는 쉬운 일이 아닐 것이다.

'루거가 별다른 말도 없이 곧장 사라진 것도 그런 이유였지.'

현재 타국인 출입 제한인 미니스에서 퓌비엘의 유저들이 움직일 수는 없다. 적발 시 어떤 제재를 받을지 모르는 상황에서 무턱대고 들어가는 것도 미친 짓이다.

그럼에도 루거는 홀로 사라졌다.

이하는 그가 분명히 미니스로 갔을 것이라 예상했다.

"쩝, 레벨도 미친 듯이 오르고 업적도 그렇고— 좋은 일이 많긴 한데……."

여전히 적들은 강력하다.

커뮤니티에서 이하 자신의 활약을 보며 놀라는 글들을 보는 것으로 위안 삼기에는 아직 할 일이 많다는 뜻이다.

"뭐! 인생이 다 그런 거지. 하나 해치우면 또 하나 튀어 나오고, 이쪽 막으면 저쪽이 난리고~ 아, 김 반장님 생각나네."

그럼에도 결코 주눅 들거나 피로해 하지 않는다.

이하는 향후 자신이 해야 할 일들을 머릿속으로 리스트-업 해 가며 가볍게 요기를 하곤 미들 어스 접속기에 들어갔다.

최근 하락세였던 구플의 주가가 오랜만에 큰 폭의 상승을 보여 준 날이었다.

이하는 접속하자마자 시스템 알림 창을 열었다.

오랜 시간이 지나지 않아 자신의 접속을 눈치챈(?) 유저들에게서 연락이 올 거라는 것을 알고 있었으므로, 자신을 정비할 시간은 그리 많지 않았다.

"음, 우선 추가 획득 업적은 이것들인가."

[10만 개의 원한을 어깨에 쌓은 자 업적을 획득하였습니다.]
[몬스터들의 후각을 마비시키는 피 냄새 업적을 획득하였습니다.]

〈하얀 죽음〉으로 몬스터들을 몰살시키며 받은 업적이 두 개.

이하는 업적들의 세부 설명을 확인하며 자신도 모르게 흠칫거렸다.

'언젠가 고블린 부락에서 캠핑 학살을 한 적이 있었지⋯⋯.'

한곳에서 같은 종류의 몬스터를 계속해서 죽이다 보면 유저의 이름이 몬스터들 사이에서 유명해진다. 당연히 보상과 함께 '페널티'를 적용시키는 미들 어스였으므로, 해당 몬스터에게 더 큰 데미지를 줄 수 있지만 피격 시 더 큰 위험에 처하게 된다.

그런 종류의 업적에서 무려 '10만 마리'까지 그 한계가 올라간다면?

'10만 원한은 R-급의 업적이로군. 쩝, 일격에 10만 마리를 죽인다는 설정은 포함도 되어 있지 않나?'

업적 속 설명은 [누적 처치 몬스터 10만 마리 돌파]로 되어 있는 게 이하에겐 아쉬운 점이었다.

제아무리 미들 어스라도 단 한 번의 공격으로 10만 마리 이상의 몬스터를 없앤다는 일은 가정할 수 없었다는 것일까.

    그렇게까지 생각이 나아가자 이하는 약간 웃음이 나올 정
도였다.

    '뭐, 보상은 그냥저냥이네. 명예의 전당 포함해서, 마왕의
군단 소속 몬스터와 유저들에게 추가 데미지 +40%, 피격 시
추가 데미지 +60%라……'

    어차피 추가 데미지는 그리 중요치 않다.

    민첩 스탯을 기반으로 하는 이하의 공격이라면 일반적인
몬스터나 유저 따위가 버틸 리는 만무할 테니까.

    중요한 것은 피격 시 추가 데미지였다. 이하에게는 차라리
없는 게 나을 법한 업적이었다.

    "그래도 두 번째는 나쁘지 않은데? 이건―."

〈업적: 몬스터들의 후각을 마비시키는 피 냄새(R)〉

    축하합니다! 당신은 셀 수 없이 많은 몬스터의 사냥에 성공하셨군
요! 당신이 뒤집어쓴 몬스터들의 피 냄새가 뒤엉키고 섞여 더 이상
몬스터들은 당신의 냄새를 맡을 수 없게 되었습니다. 아니, 그뿐만
이 아니라 몇몇 지능이 낮은 몬스터는 심지어 당신을 '아군'으로 착
각할 지경이 되었네요! 과연 이것으로 무엇을 할 수 있을까요? 오우
거 앞에서 발가벗고 춤을 추는 것도 할 수 있지만, 당신은 그것보다
조금 더 나은 행동도 분명 찾을 수 있을 것입니다.

    보상: 스탯 포인트 75개

            저지능 몬스터와 조우 시 공격받지 않음

일정 확률로 저지능 몬스터와 교류 가능

(교류 실패 시 저지능 몬스터에게 공격을 받게 됩니다.)

〈몬스터들의 후각을 마비시키는 피 냄새〉 업적의 첫 번째 등록자
입니다.

업적의 세 번째 등록자까지 명예의 전당에 기록이 되며, 기존 효
과의 200%가 추가로 적용됩니다.

효과: 스탯 포인트 150개

"공격받지 않는 건 중요하지 않지만 두 번째로 나온 건⋯⋯."

저지능 몬스터와 교류가 가능하다?

테이머들이 몬스터를 테이밍하는 경우는 종종 있다. 그러
나 그런 몬스터의 종류는 일반적으로 동물형에 가깝다.

'당연히 개나 고양이 같은 동물한테도 똑똑하다느니, 멍청
하다느니 하는 표현은 하지! 지능이 있긴 있지만 지금 여기서
말하는 '저지능' 몬스터는⋯⋯.'

그런 게 아니다.

업적의 설명 부분에 명확하게 적혀 있는 한 종류의 몬스터.

'오우거⋯⋯. 인간형도 포함된다는 뜻이다.'

동물형과 인간형을 포함한다면, 당연히 '그 외'의 형태도 포
함될 가능성이 높았다.

이하의 머릿속에 몇몇 몬스터들이 떠올랐다.

'이걸 잘 활용한다면⋯⋯. 우선 가능한 작전들은— 아니다, 일단 업적 확인부터 마저 끝내고 생각하자.'

자기도 모르게 전략과 전술을 고안하는 방향으로 흐르던 이하는 배시시 웃었다.

"하긴, 이상한 일도 아니지. 이제 나도 이렇게 생각하는 게 당연한 거야."

전투가 끝난 이후 에윈과 그랜빌이 이하를 찾아왔다.

그들이 직접 이하를 찾아왔다는 게 어떤 의미인지는, 당시 이하의 곁에 있던 라르크와 신나라 등이 입을 쩍 벌린 것으로 표현을 대신했다.

악수를 제안한 그들과 손을 맞잡은 순간 얻었던 두 개의 업적.

[병법의 대가들이 인정하는 후계 업적을 획득하였습니다.]
[〈신성 연합〉의 특수 작전 참모 업적을 획득하였습니다.]

그것이 바로 이하가 다음에 확인할 또 다른 보상이었다.

〈업적: 병법의 대가들이 인정하는 후계(S+)〉
축하합니다! 당신은 로페 대륙의 누구라도 인정하는 5인의 병법가 중 2인, [에윈]과 [그랜빌]에게 인정받았습니다. 제2차 인마대전 당시는 물론, 그 이전부터의 전투에서 두각을 나타냈던 대륙의 병법 가들의 명맥은 어느덧 끊어지고 있습니다. 당신이 그들 중 2인 이상에게 인정받았다는 것은 대단한 일입니다. 바꿔 말하면 양군 합계 10만 이상의 전장에서 당신의 전략이 빛을 발휘했다는 의미이기도 하니까요. 이제 당신이 두는 말은 반상 위의 나무토막이 아닙니다. 매 순간의 생각이, 매 순간의 선택이 수많은 생명의 불씨를 꺼트릴 수 있다는 점을 항상 명심하시길 바랍니다. 혹시 모르죠, 언젠가 당신이 5인의 병법가 모두에게 인정을 받아, 그들의 단계를 뛰어넘어 병법의 신화로 일컬어질지도……? 미들 어스는 그날을 기다리고 있 겠습니다.

　보상: 스탯 포인트 30개
　　　　해당 병법가 참가 전략 회의 시 작전 제안 성공률 증가
　　　　해당 병법가 사망 후 〈병법의 대가〉 계승 권한 자격 획득
　　　　인정받지 못한 타 병법가의 위치 정보 추적 가능
　　　　대륙 공통 명성 1,000

　이하는 업적을 보며 히죽거렸으나 그렇게까지 좋아할 일은 아니었다.

　명예의 전당이 존재하는 업적이건만 그다음 메시지가 뜨지 않았다는 건 벌써 이 업적을 보유한 사람이 최소 3명이 된다 는 의미이기 때문이다.

'두 명은 알고 있다. 람화연과 라르크라고 했지. 나라 씨는 없고……. 뭐, 이번 전투만 전투가 아니었으니까. 과거 〈국가전〉 당시에 획득한 사람이 제법 되겠지.'

에윈이나 그랜빌의 뒤를 계승한다?

그들이 아직 사망도 하지 않은 시점에서 그러한 자격을 획득한다는 건 별다른 의미가 없다. 하물며 전략 회의 시 작전 제안 성공률이 증가한다는 것도 이하에게 큰 영향을 끼치는 건 아니다.

애당초 전략 회의에 참가하는 빈도가 낮은 데다, 그들의 곁에서 더 안전하고 훌륭한 전략을 고안해 내는 유저들이 있기 때문이다.

'사실상 이번에 내가 냈던 작전은 우책이었지. 에윈과 그랜빌의 능력이 아니었다면— 엄청난 희생만 따르고 중도에 실패할 가능성이 훨씬 컸어. 무모했던 계획을 기책으로 바꿀 수 있는 NPC가 존재하지 않는 한, 내가 내는 작전을 두 번 써먹다가 반드시 망할지도…….'

오히려 람화연보다 이하가 더 잘 알고 있는 점이라면 바로 전쟁과 관련된 전략일 것이다.

적은 병력으로 더 많은 병력을 상대하는 것.

그것은 하책 중의 하책이다.

'가장 적은 피해로 큰 승리를 따내는 게 상책이고, 그런 관점에서 볼 때 기본 전략이란 모름지기 대군으로 소군을 압도

하는 거다.'

이하는 다행히(?) 자신의 위치를 잘 알았고 따라서 이번 업적으로 흥미를 느낄 수 있는 포인트는 하나뿐이었다.

"아직 내가 인정받지 못한 타 병법가라……. 에윈과 그랜빌을 빼면 세 명. 제2차 인마대전 정도의 전쟁에서부터 활약했는데— 아직도 내가 이름을 못 들어 본 NPC가 셋이나 있단 말인가?"

그들의 위치 정보를 그냥 주는 것도 아니다. 스킬로 나오는 게 아니라, '이제부터' 그들을 추격할 수 있게 되었다는 의미가 무엇인가.

"흐흐…… 어설퍼. 어설프다, 미들 어스."

이번 업적의 설명 말미에 나오는 [언젠가 당신이 5인의 병법가 모두에게 인정~] 부분과 더해서 본다면, 충분히 유추할 수 있는 내용이었다.

이 정도 S+급 업적이 아니다.

세 명의 병법가를 찾는 것부터가 일종의 테스트가 될 것이며, 10만 대군이 맞부딪치는 전투가 아니라 '또 다른 방법'으로 그들에게 인정을 받게 된다면…….

'병법의 신화. 그게 병법가 관련 업적 중 최고봉이 되겠지.'

다섯 명의 병법가 모두에게 인정받는 자. 이하는 확신할 수 있었다.

이미 병법의 후계 업적을 획득한 유저 중에서도 그곳까지

도달한 자는 없으리라.

또 하나의 '명예의 전당'을 얻을 기회라는 생각으로 킬킬거리며 이하는 다음 업적을 살폈다.

〈업적: 〈신성 연합〉의 특수 작전 참모(R-)〉

축하합니다! 당신은 [신성 연합] 소속으로 90% 이상 불리한 전황을 뒤집어 내는 묘책을 내어 승리를 쟁취했습니다. 해당 군과 관련된 모두가 당신을 인정하는 이상, '그러한 사태'가 다시 한 번 발생하더라도 다른 장교들은 당신에게 반대할 수 없겠지요. 총사령관을 포함한 모두가 반대하더라도 당신은 딱 한 번! 당신의 목숨을 건 특작을 제안할 수 있을 것입니다. 그러나 그것이 용기일지, 만용일지 반드시 고민하시길 부탁드립니다.

보상: 스탯 포인트 50개

　　　〈신성 연합〉 전략 회의 시 100% 확률의 특수작전 제안 가능(1회 제한)

〈〈신성 연합〉의 특수작전 참모〉 업적의 첫 번째 등록자입니다.

업적의 세 번째 등록자까지 명예의 전당에 기록이 되며, 기존 효과의 200%가 추가로 적용됩니다.

효과: 스탯 포인트 100개

"미쳤군. 1회 한정 100% 성공률?"

신규 스탯 '카리스마'가 있는 데다, 총사령관 에윈이 참석했을 때 제안한 계획의 통과 성공률을 높여 주는 업적이 있다.

그런데 굳이 또 100% 확률의 무언가를 주는 이유는?

과거의 이하라면 알 수 없었지만 지금은 충분히 깨달을 수 있는 일이었다.

'미들 어스가 100% 확률로 무언가를 해 주는 경우는 극히 드물다. 하물며 횟수 제한까지 붙었다면 이 보상 자체가 상당한 수준이라는 얘기가 되니까, 결국은…….'

이하는 에윈과 그랜빌 등이 모두 참석한 회의 자리에서 '우리 모두 손에 손잡고 신대륙 동부로 갑시다. 무기 하나, 말 한 마리 없어요!'라고 말해도 그들은 이 작전을 100% 확률로 받아 줄 거라는 뜻!?

〈신성 연합〉의 전멸은 곧 마왕군의 승리를 의미한다.

현존하는 마지막 저항 세력인 그들이 사라지고 나면 웬만한 유저들이 뭉치고, NPC들이 모여도 마왕의 조각들을 막아 낼 수는 없을 것이다.

즉, 이것은 미들 어스라는 게임을 단 한마디로 망하게 만들 수도 있는 무시무시한 업적이라는 의미였다.

이하는 업적 창을 살피며 어딘가로 들어섰다.

타다앙—————……!

그와 동시에 연달아 울리던 총성이 멈췄다. 그럴 만한 이유는 충분했다.

"어! 하이하다!"

"하이하! 하이하 님!"

"와씨, 내가 이럴 줄 알았다니까! 머스킷 아카데미 반드시 올 줄 알았다고! 하이하 님! 팬입니다!"

"싸인 좀, 저기, 하이하 님! 그 스킬은 어디서 얻는 건가요?! 머스킷티어 레벨 17까지 찍었는데 스킬트리 좀—."

이곳은 퓌비엘의 수도, 아엘스톡에 위치한 '브라운 베스 머스킷 아카데미'였으니까.

"네네, 안녕하세요. 다들 고생 많으십니다. 열심히 쏘고 연습, 또 연습하시다 보면 분명 저보다 훌륭한 머스킷티어가 되실 거예요. 저는 용건이 있어서—."

이하는 괜스레 머쓱해진 얼굴로 그들을 향해 가볍게 손을 들어 보인 후, 곤란하다는 표정으로 발걸음을 빠르게 했다.

"하이하 님! 잠시만요!"

"한마디만 더 해 주세요! 지금 레벨 53인데 사냥터 어디로 가야 하죠?"

자신에게 쏟아질 관심이 넘칠 거라는 건 이미 예상한 일이었다. 그럼에도 이곳에 온 이유는?

[Rank In! 나도 이제 유명시! 업적을 획득하였습니다.]

100인의 랭커 안에 포함되어 있을 때 추가 스탯 포인트를 주며, 랭킹 이탈 시 해당 스탯 포인트가 사라지는 조건부 업적.

보상보다는 그 이름에 포함된 의미를 생각하며 이하는 히죽거렸다.

사람은 다 똑같은 법이다.

Geschoss 7.

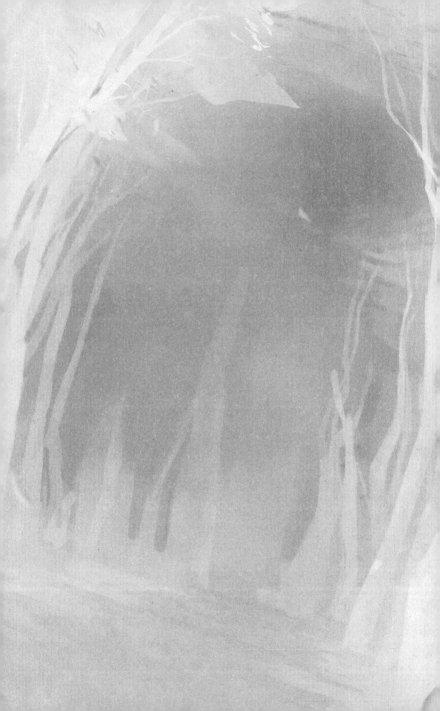

"정렬! 움직이는 놈부터 제명하겠다, 정렬해, 정렬! 누가 사격장에서 함부로 움직이나!"

이하를 향해 우르르 달려오던 유저들의 발걸음이 우뚝 멈췄다.

실제로 사격 연습을 하고 있던 연병장에서 조금 전과 같은 움직임은 자살행위나 다름없다.

'군대에서도 여전히 폭행이 인정되는 장소가 바로 사격장이니까. 크크, 이 사달이 나도 움직이지 않고 있던 유저는 세 명뿐인가. 한국인이 있을지도 모르겠군.'

머스킷티어 직업군인 이상 이하 자신에게 관심을 갖지 않는 유저는 없을 것이다.

그럼에도 자신의 사로에서 오직 타깃에게만 집중하고 있다면, 이미 사격을 경험해 본 유저일 가능성이 높았고, 그렇다면 한국인이 포함되어 있으리란 생각이 들었다.

"고생 많으십니다. 혹시 소장님은……."

"안쪽에 계십니다. 들어가시지요, 하이하 공."

이하는 빙긋 웃으며 유저들을 통제하는 NPC에게 인사했다.

브로우리스의 후임 격 NPC와는 일면식이 있었기에, 현재 연병장에 나와 있는 그가 새로운 소장이 아니라는 건 알 수 있는 일이었다.

'확실히 많이 변했구나. 따로 교관들을 둘 정도라니. 하긴, 인원이 많아졌으니까.'

아카데미 내부로 들어서며 이하는 헛웃음이 나왔다.

자신이 처음 머스킷티어 직업을 선택할 때만 해도, 조명조차 제대로 갖춰져 있지 않은 허름한 폐건물이었건만.

'기사, 법사, 성직자, 궁사 정도를 제외하면 이 정도 시설이 없다고 했지.'

단층 건물은 어느새 3층 건물이 되어 있었고 연병장도 전보다 확장된 데다, 깔끔한 내부 시설까지 갖춰진 아카데미는 이하에게 낯설게 느껴질 정도였다.

아카데미의 소장이 있는 2층의 방 또한 과거의 허름한 장소와는 달랐다.

"아라미스 소장님?"

이하는 가볍게 방문을 노크하며 문을 열었다. 내부에선 바쁘게 일하던 NPC가 고개를 들며 이하를 맞이했다.

"아! 하이하 공, 들어오시지요."

이하도 여전히 머스킷티어이자 아카데미 소속의 '제자'인 셈이었으나, 지금은 그 대우가 조금 달랐다.

그것은 단순히 삼총사의 지위를 승계받았기 때문은 아니었다.

"오랜만에 인사드리네요. 자주 좀 왔어야 했는데—."

"무슨 말씀을……. 하이하 공께서 밤낮으로 고생하시는 덕에 머스킷티어 지망생들이 많아지고 있으니, 저희야말로 감사드려야죠."

아라미스가 새로운 소장이 될 때, 브로우리스 소장에게 교육받았던 머스킷티어 소속 유저 중, NPC 아라미스보다 '높은 레벨' 또는 '높은 스탯 포인트' 둘 중 한 가지 조건을 만족하고 있는 자.

이하가 성스러운 그릴과 람화연을 통해 알아낸 특별 대우의 기준은 바로 그것이었다.

'브로우리스 소장을 스승이라 부르고 있지만 나랑 끽해야 5~6살 차이 정도 날 것이고……. 현역으로 있다지만 사격 솜씨보다는 그 행정과 관련된 능력이 뛰어난 NPC라고 했지.'

과거 브로우리스와는 성향과 특징에서 확연한 차이를 보이는 아라미스지만, 이하가 보기에 무엇보다 눈에 띄는 건 역시나 외모였다.

"정말입니다. 하이하 공께서 조금만 게으르셨다면 지금 이

자리에 앉아 계셨을 수도 있을 텐데요."

"아이고, 그럴 리가요."

환하게 웃는 아라미스는 이하가 본 그 어떤 NPC보다도 귀공자의 느낌을 주고 있었기 때문이다.

눈썹도 없고, 표정도 없던 브로우리스에 비하면 지금의 '스승' NPC는 신규 머스킷티어 유저들에게 천사처럼 보이리라.

"특히나…… 스승님과 관련된 이야기는— 저도 들었습니다. 이 자리를 빌려 다시 한 번 감사 인사를 드립니다."

그러나 허술하진 않다.

아라미스의 갑작스러운 말을 들으며 이하의 눈동자가 잠시 흔들렸다. 브로우리스의 사체가 실제로 어떻게 수습되었는지는 극비 중의 극비다.

만약 그 사실이 퓌비엘의 국왕에게 들어갈 경우, 퓌비엘—에즈웰 간 외교 문제가 발발할 정도로 큰일이기 때문이다.

잠시 말을 머뭇거리는 이하를 보며 아라미스는 다시금 환한 미소를 보였다.

"아, 이 이야기는 밖에 있는 조교들도 모릅니다. 오직 저만이…… 들었던 소식이지요. 예전 에즈웰에 있을 때의 연줄이 조금 남아 있어서요."

"아! 아아, 그렇죠. 예전에 에즈웰에서—."

"네, 사제 서품을 받기 전 이곳으로 왔습니다. 스승님과 만난 것도 그쯤이지요. 지금으로부터 23년쯤 전이네요. 제가 열

여섯 나이였으니……."

아라미스는 브로우리스가 신대륙의 동부로, 엘리자베스와 브라운을 찾기 위해 떠날 때부터 임시 소장의 직위에 있던 NPC이다.

브로우리스의 사망 후 그는 임시 소장에서 공식 소장으로 임명되었으므로 특별한 시험을 거친 적은 없다.

특히 루거는 잘생긴 아라미스를 보며 능력을 의심한 적이 한두 번이 아니었다.

'하지만 어쩐지…… 왜 그 소장님이 이 사람을 임시로 지목했었는지 알 것 같네.'

잘생긴 외모만이 전부가 아니다. 똑 부러지는 일 처리 능력까지 있다.

새로운 소장도 결코 만만한 NPC는 아닐 것이다.

따라서 이하는 기뻤다.

"그럼 브라운과 엘리자베스에 대해서도 알고 계시겠네요. 그때가 2차 인마대전 직전이었을 테니까."

이하가 이곳으로 온 이유에 대해서 그는 충분한 설명을 해 주리라는 기대감이 들었기 때문이다.

이제는 적이 되어 버린 전 세대 삼총사 중 첫 번째로 상대한 게 브로우리스인 것은 현재의 삼총사를 비롯하여 많은 유저들에게도 다행스러운 점이었다.

이하나 키드, 루거 등을 직속으로 가르쳤던 스승 격 NPC의 행동 패턴은 물론, 그가 어떤 알고리즘의 AI를 지닌 채 행동하는지 이미 파악이 끝난 상태였기 때문이다.

그러나 브라운과 엘리자베스는?

이하는 엘리자베스와 함께 있었던 날을 손에 꼽을 수도 있다. 루거는 더욱이 그 기간이 짧다.

처음 만났을 때부터 신대륙에서 탄환을 나누던 적.

그 정도의 인식만 갖고 브라운과 엘리자베스를 잡을 수 있을 리가 없다.

아라미스는 이하의 기대에 응하듯 고개를 끄덕이며 답했다.

"물론입니다. 스승님께서 함께 다니셨으므로 저 홀로 그분들과 다닌 적은 드물긴 하지만⋯⋯. 적어도 젊은 머스킷티어 중에서는 제가 제일 잘 알겠죠."

이하는 그의 답변을 들으며 웃었다.

역시 새로운 소장은 제법 대하기가 편하다는 생각이 들었다.

"으음, 39세라면 젊다고 하기에 아슬아슬할 것 같기도 한데요."

"그, 그런가요. 하핫."

"뭐, 얼굴이 워낙 받쳐 주시니까 실제론 저보다 어려 보이기도 하지만요."

은근슬쩍 던져 보는 이하의 농담에 아라미스는 그저 미소만 지었다.

그 부분에서 '진짜 그렇게 생각하고 있나? NPC의 판단으로도 내 외형이 더 나이 들어 보인단 말이야?'라는 생각이 들었지만 이하는 거기까지 물을 순 없었다.

"그럼, 궁금하신 게 어떤 부분입니까."

이제부터는 본격적인 자료 조사 시간이었다.

성스러운 그릴을 통해서도 제대로 파악할 수 없는, 짧디짧은 '그 시대'를 공유했던 NPC에게서 최대한 많은 정보를 뽑아내야 한다.

"그들의 전투 패턴이죠. 처음 전투를 시작할 때……. 그러니까 작전을 수립하고 계획을 짤 때 그들은 어디서부터 시작해서 어떤 식으로 접근하는지, 좋아하는 사격 각도나 거리는 있었는지. 또는 자주 말하는 입버릇 같은 게 있는지."

"그런 것까지 필요한가요."

"네, 많으면 많을수록 좋아요. 하나의 미션이 주어진다 하더라도 포수의 성향에 따라 많은 게 바뀌거든요."

"으음…… 그러니까 제가 에즈웬에서 퓌비엘로 온 직후—스승님을 우연히 마주쳤을 때부터 두 분은 스승님과 함께 계셨습니다."

아라미스는 잠시 미간을 찌푸렸다. 과거를 회상하는 듯한 실감 나는 동작을 보자 이하는 곧 누군가가 생각났다.

"아! 잠시만, 잠시만요. 말씀을 시작하기 전에…… 한 사람 더 불러도 될까요?"

"물론입니다. [관통]의 뒤를 이으신 분께서도 들으셔야겠죠."

이미 이하가 누구에게 연락할지 예측하고 있는 아라미스의 말을 들으며 이하는 삼총사의 텔레포트 스킬 정보 창을 열었다.

루거는 역시나 접속 중이었다.

제대로 된 정보도 없이 오직 후각만으로 브라운을 죽이겠다며 나선 것은 분명 용기 있는 행동이지만, 지금 이 순간만큼은 루거를 욕할 수밖에 없었다.

—도대체 무슨 짓을 했기에 그런 곳에 있는 건데?

—……꺼져, 차단한다.

그의 말이 끝나기 무섭게 루거의 텔레포트 정보가 OFF로 바뀌었다.

이하는 터져 나오는 웃음을 참지 못한 채, 입꼬리를 씰룩이며 루거에게 귓속말을 보냈다.

—잠깐만! 으히히, 뭐야? 무슨 짓한 거야? 아니면— 아! 그냥 잡혔구나? 그냥 잡혔어! 지금 미니스가, 푸흡, 미니스에서 타국인 통행이 금지된 상태라 잡힌 거구나!

자신의 목소리가 허공을 맴도는 듯한 느낌을 받고 나서야 이하는 루거가 정말로 자신을 차단했다는 걸 깨달았다.

물론 그래도 상관은 없었다.

어차피 루거는 움직일 수 없을 테니까.

"크흠, [관통]의 후계는 다른 일 때문에 지금 올 수가 없다네요. 제가 나중에 전해 줄 테니까 말씀해 주시죠, 아라미스 소장님."

그의 현재 위치는 미니스 수도의 '구치소'였다.

무슨 이유로 그곳에 있는지는 굳이 확인할 필요도 없는 것이었다.

"제기랄, 하필 걸려도 그 자식한테……. 랭커가 됐다고 깝죽거릴 것만 생각해도 머리가 터질 것 같은데."

콰아아아아앙—!

루거는 있는 힘껏 철창을 발로 차 보지만 그런다고 문이 열릴 리는 없었다.

"거기, 조용히 해. 아직 판결 확정 난 죄인은 아니지만 현행범으로 체포된 이상 무사히 구치소로 빠져나갈 일은 없을 거니까."

"닥쳐, 미니스의 종자들이 건방지게……. 네 녀석들의 고민을 내가 아니면 누가 해결할 수 있을 것 같나. 그 자리에서 네 놈들을 폭사시키지 않은 것만 해도 감사해라."

"……그런 발언들이 전부 재판장에서 어떻게 적용될지 알 아 뒀으면 좋겠군."

교도관은 한숨을 내쉬었다.

루거는 으르렁거려 보았으나 더 이상 그에게 협박은 먹히 지 않았다.

〈코발트블루 파이톤〉이 압수당한 이상, 굳이 루거를 무서 워하는 유저나 NPC도 없는 것이다.

"근데 진짜 그 브라운인가 하는 몬스터 죽이러 온 거예요? 퓌비엘에서?"

"지금 여기 국가 비상사태라 타 국민 출입 금지인 거 몰랐 어요? 루거 님 정도면 웬만큼 다 생각하고 행동하는 줄 알았 는데……."

그것을 증명이라도 하듯, 루거의 맞은편 방에 있던 유저 두 명이 철창에 얼굴을 짓누른 채 그에게 물었다.

"……이름이 뭐지."

눈까지 빛내며 자신에게 관심 갖는 두 명의 유저를 보며 루 거는 물었다.

유저들은 마침내 루거가 자신들에게 관심을 가졌다는 점에 서 기뻐했으나 그것은 오래가지 않았다.

"저희요? 얘는—."

"여기서 나가면 이름을 말한 너희 두 놈은 반드시 죽일 거다."

"―커헙!"

반가운 마음에 이름을 발설하려던 두 사람은 곧장 입을 다물고 철창에서 멀어졌다.

루거는 한숨을 내쉬며 바닥에 드러누워 버렸다.

'어쩌다 이렇게 된 건지…….'

제대로 된 정보 수집도 하지 않은 채 마구잡이로 움직인 것은 확실히 루거에게도 드문 경우였다.

그에게 관심을 가졌던 유저들이 물었듯, 평소의 루거라면 결코 이렇게 행동하지 않았을 것이다.

그리고 그가 이렇게 행동한 까닭은 당연히 하나뿐이었다.

'하이하 때문이지. 키드가 보호해 주지 않으면 한 발도 제대로 못 쏘던 머저리가 어느새…….'

키드는 브로우리스의 철저한 1:1 교육을 받았으므로 자신과 비슷한 위치에 올라와도 별다른 감정은 없었다.

오히려 키드가 빨리 성장할수록 그를 기폭제 삼아 루거 자신도 급성장을 이루어 낸 경험이 더 많았다.

당연히 그 대전제는 '키드가 자신보다 조금 더 낮은 수준일 것'이긴 했지만, 어쨌든 라이벌의 존재는 루거에게도 훌륭한 자극이 되었다.

그러나 하이하는?

루거는 이하와 처음 만났을 때를 떠올렸다.

에인션트급 드래곤 베일리푸스를 파트너로 얻으며 단숨에 랭킹 1위에 도달해 버린 알렉산더는 당시만 해도 범접할 수 없는 '지존' 유저였다.

그 어떤 도전자도 용서치 않고 베어 버리는 알렉산더─베일리푸스 콤비와 맞서 싸워 살아남았던 유저.

1:1 기준으로 유일하게 에인션트급 드래곤에게 데미지를 입혀 명성을 얻었던 자신이 아닌가.

'쳇, 이제 그딴 건 아무런 타이틀도 안 되는 수준이지. 놈은 또 한발 나아갔다. 이제 무시할 수 없는 랭커야. 아니, 거기다 30m급 공룡 군단까지 손에 넣었어.'

퓌비엘 소속 한 도시의 성주이자, 10만 마리 몬스터를 일격에 증발시키고, 드래곤도 무서워하는 디스펠 기능을 갖춘 공룡 군단을 손에 넣은 탑급 랭커.

'……흥, 망할 놈.'

급성장이라는 단어도 어느 정도의 틀이 있어야만 한다. 적어도 성장세를 그래프에 그려 낼 수는 있어야 하지 않는가.

루거는 자신과 키드 등은 그래프 안에서 급성장을 이루어 낸 아웃사이더라고 생각했다.

바로 그러한 점에서 이하는 조금 예외였다.

"그래프를 벗어나 버리는 건 반칙이다, 하이하. 어차피 네 녀석도 이곳으로 오겠지만……."

이하가 마지막으로 있었던 위치는 루거도 확인했다. 그리고 현시점에서 그곳에 갈 이유는 하나뿐······.

루거는 이하도 철창 안에 갇히는 신세가 된다는 상상을 하며 혼자 히죽거렸다.

자신의 몸 위로 드리운 그림자를 눈치채지 못했다는 게 루거에게는 안타까운 일이었다.

"와······ 혼자 웃고 있다고? 나, 참. 루거 씨, 당신도 정상이 아니라는 생각은 했지만······. 구치소에 수감된 사람이 몸을 들썩이면서 웃고 있는 건 너무 비정상이지 않습니까? 그것도 혼자서?"

"뭐야! 어떤 새끼가 감히!"

갑작스레 들려온 목소리에 루거는 몸을 일으켰다.

자신을 향한 발언 때문에 화가 난 게 아니라, 실제로 혼자 낄낄거리며 웃고 있던 모습이 들켰다는 게 더욱 부끄러웠다.

"음?"

후다닥 일어나 철창을 바라보며 루거는 잠시 고개를 갸웃거렸다. 이곳에 별로 어울리지 않는 유저가 자신을 바라보고 있었다.

"〈베르튜르 기사단〉도 체포되나 보지? 캬하핫, 반역이라도 일으켰나?"

철창 앞에 서 있는 자는 라르크였다. 라르크는 루거의 도발을 제대로 듣지도 않고 가방을 뒤적거렸다.

어차피 루거의 저렴한 도발에 넘어가 줄 필요는 없었다.

"이걸 보고도 그런 말이 나오시려나 몰라."

그가 들어 올린 것은 짤랑거리는 열쇠 뭉치였다.

"너…… 이거 당장 열고—."

"그냥 풀어 주는 건 아닙니다."

라르크는 루거의 말을 잘랐다.

루거는 철창 너머의 라르크를 당장이라도 씹어 먹을 기세였으나 이 순간 주도권을 쥐고 있는 자는 라르크였다.

라르크는 아직 아무런 말도 하지 않았다. 당연히 어떠한 조건을 수락해야 루거를 풀어 줄 수 있다는 있을 것이다.

그리고 루거는 알고 있었다.

"잡을 수 있어."

"……확실합니까. 우선 하이하 씨랑 루거 씨 그리고 키드 씨 세 사람에 대한 통행권을 받아 놓긴 했는데, 쩝. 미니스에도 좋은 인재들이 많으니까 연계한다면 좋겠지만 세 명 다 그런 성격들이 아니라 불안—."

"셋도 필요 없어. 이번엔 나 혼자 한다."

브라운 처치에 협조해 달라는 의미다.

라르크의 부탁이 아니어도 루거는 애초에 그럴 마음이었으므로 당장에 달려들고자 했으나, 상황은 녹록하지 않았다.

"음? 하핫, 재미있는 농담이었습니다. 하지만……. 루거, 당신이 구치소에 들어온 직후에 터진 일을 몰라서 하는 말일 거예요."

"무슨 뜻이지?"

라르크는 가방을 뒤적이며 녹화된 영상을 볼 수 있는 아이템을 꺼내어 들었다. 그는 철창 사이로 아이템을 실행시켰다.

마치 빔 프로젝터처럼 벽 한 면에 영상이 비추어졌다.

"왕궁이 당한 이후로 주변 도시들에 대한 경계가 강화되었어요. 아니, 경계 정도가 강화된 게 아니지. 미니스에서 운용하는 마도단을 비롯하여, 마탑의 모든 NPC들이 주요 도시의 내성에 첩첩의 쉴드를 설치했습니다."

"흥, 그깟 배리어 몇 장 뚫렸다고 놀란 건가. 브라운이 아니라 나라도 할 수 있는 일이야."

"이렇게도 할 수 있다고?"

루거가 코웃음을 치는 순간, 화면이 바뀌었다. 이번엔 훨씬 더 먼 거리에서 도시를 조망하며 녹화한 모습이었다.

조금 전까지 파괴된 장소는 내성 정도로 추정되는 곳이었다. 그 '배율'을 바꾸어 보자, 파괴 범위가 점차 나타났다.

파괴는 한 장소에서만 벌어진 게 아니었다. 그것은 구역 또는 지역이라고 일컬어야 할 정도로 광범위한 곳에서 일어났다.

"저기는 미니스 제2의 도시예요. 경제적 가치로 따지면 수도보다 더 많은 화폐가 유통되는 곳입니다. 일반 마탑 NPC들 따위가 배리어를 친 곳이 아니죠."

여전히 화면은 축소되어 보여지고 있었다.

이제 거의 도시 전체를 아우를 정도가 되어 일반 소건물은 그 모습조차 보이지 않을 정도가 되었다.

그쯤에서 루거는 말을 이을 수 없었다.

그것은 문자 그대로 '폭격'이었다. 도시 전체를 날려 버릴 정도의 압도적인 힘.

하물며 그러한 파괴력은 그냥 나타난 게 아니다.

"어덜트급 이상의 컬러 드래곤이 직접 나서서 설치한 배리어였어요. 무슨 의미인지 알 거라 믿습니다."

웬만한 유저들은 비교조차 할 수 없다. 드래곤이 설치한 배리어를, 추적당하지 않을 정도로 아주 짧은 시간 동안 뚫어 내고, 퓌비엘의 수도 못지않게 큰 도시의 기능을 완전히 날려 버릴 정도의 능력.

"미니스 경제가 무너지기 전에 브라운을 잡아야 합니다."

그것은 브라운이 벌인 또 하나의 참극이었다.

"화연아, 아직 여기 있는 거야?"

"어? 언제 왔어?"

"한 시간쯤 됐나? 확실히 사람들이 줄었네."

이하가 다음으로 찾은 곳은 람화연의 요새였다.

오퍼레이터들이 즐비했던 신대륙 서부의 요새는 전보다 한

산해진 상태였다.

"당연하지. 그 전투 덕분에 전처럼 감시하지 않아도 되니까. 괜히 더 있어 봐야 낭비야."

그녀는 현 상황에서 가장 효율적인 관리 체계를 구축했다. 〈백룡 전투〉이후 급감한 마왕군을 상대로 굳이 최고조에 달하는 피로도를 계속 쌓을 이유가 없다는 이유에서였다.

전투에서 살아 돌아간 마왕군 소속 몬스터는 총 2만 마리가 되지 않았다. 더군다나 그 안에는 칼라미티 레기온도 없다.

"응, 사람 많다고 눈에 띌 녀석들이 아니니까. 그리고 블라우그룬 씨가 없을 때 운용 가능한 수가 이 정도라고 했으니 괜찮겠지."

경계 탑에 의한 감시로도 충분한 정도지만 이러한 구성을 유지하는 건 마왕의 조각과 카일, 치요의 행방을 찾기 위함이었다.

"맞아. 그리고 어차피…… 도와달라고 해도 도와줄지 모르겠어."

람화연은 잠시 자리에서 일어서 창가로 향했다. 이하의 시선도 창문 너머로 향했다.

이하가 접속한 것을 당연히 알고 있는 블라우그룬이다.

그럼에도 아직까지 이하에게 연락하거나 이전처럼 람화연 옆에서 도움을 주지 않고 있었다.

"벌써 며칠째인지, 질리지도 않나 봐."

"흐흐, 원래 저런 성격이었다니까. 내가 무슨 아이템 하나만 주워 줘도 그거 연구하느라 일주일씩 자기 레어에 틀어박히던 드래곤인데……. 지금은 흥미로운 놈들이 무려 326마리나 있으니 어쩌겠어."

요새 바깥에 늘어선 326마리의 칼라미티 레기온 때문이었다.

높이 30m급 공룡들은 인간의 모습으로 자신의 발치에서 기웃거리는 블라우그룬에게 아무런 신경도 쓰지 않고 있었다.

블라우그룬은 그런 공룡들에게 해가 되지 않는 범위 내에서 각종 마법을 사용해 가며 무언가를 열심히 기록하는 중이었다.

"컨트롤하는 건 문제없지? 테이밍 펫처럼 인식되는 건가?"

람화연은 블라우그룬을 보며 키득거리다 이하에게 물었다.

"아닐걸. 테이밍 정도의 설정 창으로 저놈들을 통제하려면 힘들었을 거야."

"그럼? 다른 통제 수단이 있는 거야?"

그녀의 질문에 이하는 의미심장한 미소를 보였다.

칼라미티 레기온, 마왕의 조각 푸른 수염에게 영향을 받고 그에게 위임받은 마왕군 소속 유저가 100% 통제할 수 있는 그들을 이하가 빼앗아 올 수 있었던 것은 모두 '카리스마' 스탯 덕분이다.

'[위대한 옛 존재의 힘] 업적은 카리스마 스탯 부여 외에 R급의 스탯 보상을 줬지. 크게 특별할 게 없다고 생각했는데,

어쩌면 미들 어스에서 가장 특별한 스탯인지도 모르겠어. 흐흐흐.'

그러나 그들을 모두를 어떻게 다룰 것인가?

그 점을 크툴루는 놓치지 않았다.

〈업적: 개미집을 관찰하는 즐거움(R-)〉

축하합니다! 당신은 오직 당신만의 힘으로 특정 수준 이상의 생명체 군집群集을 결성, 통제할 수 있게 되었습니다. 그들은 과연 어떻게 움직이고, 어떻게 행동할까요? 그들은 그들 스스로 움직이고 있다고 생각하겠지만 실상은 모두 당신이 준비하고 설정한 '통'일 뿐이죠. 자각하지 못한 채 쉼 없이 움직이는 생명체들을 관찰하고 또 통제하며 당신도 어떤 영감을 얻게 될지도 모르겠군요. 하지만 명심하세요! 100% 통제할 수 있는 생명체들이 아니라면, 그들은 당신이 설정해 놓은 '통' 바깥으로 나오려 할 테니까요. 개미에게 물려 죽는 일도 얼마든지 있을 수 있답니다.

보상: 스탯 포인트 100개

3종 10기 이상의 생명체 집단을 대상으로 [군집] 설정 가능
(해당 군집에 대한 세부 명령어가 추가됩니다.)
(통제력이 30% 이하의 생명체에게 적용되지 않습니다.)
(명예의 전당이 없는 업적입니다.)

"음, 명예의 전당이 없는 업적이긴 하지만⋯⋯. 이 시스템

창은 나만 갖고 있을 거야."

크툴루 외에도 다른 퀘스트 루트에서 얻을 수 있다면 모를까, 적어도 지금까지는 자신밖에 없을 거라 자신하는 업적이었다.

이하는 〈백룡 전투〉에서 칼라미티 레기온을 만나자마자 [군집]을 설정했다.

그 순간부터 326마리의 30m급 공룡들을 자유자재로 움직일 수 있는 새로운 시스템 창을 불러들일 수 있게 된 것이었다.

'집단의 이름을 설정하는 것부터, 개별 능력치, 개별 명령어까지 조절할 수 있다니…… 정말 생각하면 엄청난 업적이라니까.'

디스펠을 우선으로 하며, 마기를 보유한 유저들을 죽이고, 피해가 있을 시 뒤로 빠져 있으라는 명령.

그것은 명령이라기보다 알아서 생각하고 행동하는 것이나 다름없다.

즉, 미들 어스에서는 드래곤 급의 몬스터—NPC 생명체 수준이 아니라면 결코 할 수 없는 실행 능력이었다.

현재 이하가 내린 명령은 요새 인근에서 대기하며, 블라우그룬에 협조하되 전투 발생 시 자기 방어를 하고, 자신의 부재 시 람화연의 명령에 따라 움직일 것이었다.

정말이지 일반적인 펫이라면 절대 알아들을 수 없는 복합적인 명령에도 칼라미티 레기온은 잘 따르고 있었던 것이다.

열심히 연구 중인 블라우그룬과 잠시 동질감을 느끼던 람화연은 무언가 생각났다는 듯 이하에게 말했다.

"아 참, 봤어?"

"응? 아아, 봤지. 내가 랭커가 됐는데 안 봤을 리가 없잖아. 난리도 그런 난리가 없―."

"응? 무슨 소리야―."

"그, 그 얘기 아냐? 나 랭커 된 거?"

이하가 진심으로 당황하자 람화연은 더욱 큰 진심으로 황당해했다.

그제야 이하가 이곳에 온 이유를 알 수 있었다. 칼라미티 레기온을 확인하기 위해서 왔을 리가 없다.

어차피 알아서 잘 있을 몬스터들을 보러 온 게 아니라…….

"나한테 축하 받으러 온 거야, 설마?"

랭킹에 진입하고 랭커가 되었다는 걸 티 내고 싶어서 온 것인가!

람화연이 휘둥그레진 눈으로 바라보자 이하는 열심히 손을 저었다.

"아~니! 아니! 아니지, 에이, 내가 무슨……. 내가 그렇게 생색내는 걸 좋아하는 편은 아니잖아. 알지? 알잖아?"

그러나 과장된 그 행동이 뜻하는 바는 명확했다.

람화연은 작은 한숨을 내쉬었다.

"지금 그럴 때가……. 어휴, 하여튼 당신은 얼른 당신 할 일해. 〈백룡 전투〉의 영웅이긴 하지만— 지금 그 전투 자체가 잊힐 정도의 사건이 터졌으니까."

"음? 무슨 일인데?"

그녀가 알려 주려는 정보는 루거가 조금 전 들었던 것과 크게 다르지 않은 것이었다.

"미니스 도시 하나가 날아갔어. 라르크가 당신을 찾던데 연락이라도 한 번 해 봐. 퓌비엘 사람이지만 에윈 총사령관이 인정했으니 아마 당신은 들어갈 수—……."

람화연은 미처 말을 끝내지 못했다. 자신을 빤히 바라보고 있는 이하의 표정을 보자 더 이상 입이 열리지 않았기 때문이다.

"알았어. 화연아, 다음에 얘기하자. 가 볼게."

이하는 즉시 수정구를 들어 올렸다.

말을 하던 람화연도 순간적으로 입을 다물 정도로 급격하게 변한 분위기.

허술하게 웃던 이하의 얼굴은 이미 전장에 던져진 사람의 것으로 바뀌어 있었다.

연보랏빛과 함께 이하가 사라질 때까지, 람화연은 숨조차 제대로 쉬기 힘들었다.

미들 어스의 역사에 남을 전투를 끝낸 자가 진지할 때 뿜어내는 아우라는 글로벌 그룹 람룡의 신사업 본부장이 받아 내기에도 아찔한 정도의 힘이 담겨 있었다.

'아주…… 잠깐이지만…….'

람화연은 지금의 이하가 갖는 기운과 유사한 느낌을 받아
본 적이 있다.

잠시 자신의 아버지를 떠올리던 람화연은 고개를 세차게
저었다.

"누굴 누구랑 비교해. 내가 자기 랭커 진입 선물도 준비 못
했을 거라고 생각한 사람인데. 아직……. 아직 멀었어."

람화연은 곧장 자청에게 귓속말을 넣었다.

―자청, 하이하 선물은 배송 출발했어요?

―방금― 크흠, 방금 막 처리하고 접속했습니다.

―이제?

―보, 본부장님께서 어제 말씀해 주신 거라, 그걸 처리하
는 데에만도 시간이―.

―알았어요. 발송했으면 됐지. 일 보세요.

―넵, 본부장님!

자청과의 귓속말을 종료한 후, 람화연은 배시시 웃었다.

이하가 간 곳은 퓌비엘과 미니스의 국경 검문소였다.

당장이라도 미니스 수도로 텔레포트하고 싶었으나, 처음 한 번은 그렇게 할 수가 없다는 라르크의 안내에 따라 이곳에서 대기 중이었던 것이다.

미니스의 국경 경비대는 여전히 검문소 근처를 서성이고 있는 퓌비엘 소속 유저와 NPC들을 매섭게 노려보고 있었다.

"하이하 님, 혹시 춥지는 않으십니까."

"들어오셔서 대기하셔도 됩니다."

"아뇨, 괜찮아요. 어차피 다른 사람들이 저 찾으려면 밖에 있는 게 낫기도 하고요."

"넵! 혹여 불편하신 점이 있으시다면 언제든 말씀해 주십시오."

이미 명령이 떨어져 있다는 점도 있었지만, 경비 NPC들의 눈빛은 그것을 넘어서 있었다.

적어도 오늘 하루, 이하에게는 익숙한 눈빛이었다.

'머스킷 아카데미의 유저라면 모를까……. 타국의 경비 NPC들도 저렇게 보는 건 부담된다고!'

마치 스타를 바라보는 팬의 눈빛.

초롱초롱한 그들의 눈망울이 이하의 일거수일투족을 감시하고 있었으니, 힘들다고 바닥에 주저앉거나 하는 행동을 하기가 참 어려웠다.

'너무 신경 쓰여! 일부러 날 안 보려고 하는 그 눈빛도 보인다고! 젠장, 차라리 다른 것에 신경이라도 쓰면― 아! 맞다.

〈캐릭터 창〉!'

어떻게든 시선을 마주치지 않으려던 이하는 마침내 자신이 미루던 일이 생각났다.

이하의 눈앞에 캐릭터 창이 떴다.

이름: 하이하 / 종족: 인간

직업: 하얀 사신 / 레벨: 296 (15.3731288%)

칭호: 주신의 불을 내리는 / 업적: 214개

HP: 12,140(8,498)

MP: 11,430

스탯: 근력 912(+827)

　　　민첩 6,650(+1,720)

　　　지능 690(+474)

　　　체력 464(+338)

　　　정신력 1,000(+206)

　　　카리스마 100(+0)

남은 스탯 포인트: 972

이하는 마침내 자신의 레벨을 확인했다.

랭킹 29위 수준의 레벨은 무려 296! 마지막 레벨 업을 했을 때 자신의 레벨이 277이었으니, 10만 마리의 몬스터를 죽이면서 약 20개의 레벨이 올라간 것이다.

'……적은 거 아닌가? 10만이면 세기도 힘든 숫잔데. 고작 19개 오른 게 전부야?'

그러나 사실 고작이라고 부를 수 있는 수치는 아니었다.

레벨 뒤에 붙은 경험치 획득률은 지금까지 소수점 이하 두 자리까지가 전부였다.

그게 무려 여섯 자리까지 늘어났다는 게 어떤 의미인가.

실제로 레벨 280에서 레벨 290까지 올리는 것만큼 힘들다고 전해지는 게 레벨 290에서 레벨 291까지의 상승이다.

압도적인 경험치 획득량을 필요로 하는 290대의 〈헬 레벨 존〉에서 무려 6개가 한 번에 올랐다는 건 미들 어스의 그 어떤 유저도 경험해 보지 못 한 일이니 말이다.

'근데 남은 스탯이…… 헐!'

이하는 눈을 의심케 만드는 스탯 포인트를 보고 또 봤다.

'스탯 포인트 계속 아끼긴 했었지만…… 이건 좀 너무 많은 거 아닌가?'

카리스마 스탯을 얻고 나서 그걸 올리기 위해 의식적으로 모은 것도 있긴 하다. 하지만 그렇다 해도 그건 크툴루 퀘스트 직후다.

[개미굴] 업적과 [위대한 옛 존재의 힘] 업적으로 받았던 포인트는 325개.

　명예의 전당이 없는 R-급에서 100개, 명예의 전당을 포함한 R급에서 225개를 받지 않았던가.

　획득했던 그 시점에 카리스마에 100포인트를 투자하고 남은 225포인트를 남겨 두었던 것까지는 기억이 났다.

　하지만 그게 이렇게까지 불어날 수가 있다고?

　"내가 뭘 놓친 건가……."

　〈백룡 전투〉로 획득한 각종 업적과 상향된 레벨에서 비롯되는 스탯 포인트는 이하의 상상을 뛰어넘는 것이었다.

　이하가 스탯에 조금 무관심했던 크툴루 퀘스트를 포함한다면, 무려 1,000개가 넘는 포인트를 획득했다는 뜻이니까.

　헛웃음도 나지 않는 황당한 누적 포인트를 보며 이하는 잠시 당황했다.

　"GM이 없어서 천만다행이군. 아니다, 분명히 보고 있을 거야. 이거 나중에 한 소리 듣는 거 아냐?"

　GM은 이하가 신경도 안 쓰는(?) 수준의 스탯 포인트를 보면서도 광분했었다. 하물며 1,000개를 쌓는 동안 그것을 쟁여 놓았다고 말하면 그는 어떤 반응을 보일까.

　이하는 한없이 당황한 공룡의 얼굴이 떠올라 웃음이 났다.

　'좋아, 스탯이야 뭐…… 고민할 거 없지. 필요한 것으로 간다.'

　지난 몇 가지의 사건이 없었다면 이하는 모든 스탯을 정신력에 투자해 버렸을지도 모른다.

현 상황에서는 MP를 극대화시킴으로 각종 스킬의 활용 범위를 늘리는 것이 가장 강력한 장점의 발휘가 될 테니 말이다.

그러나 지금은 아니었다.

칼라미티 레기온이라는 새로운 군단을 얻었다.

그들을 활용하는 건 자신이 MP를 소모해 스킬을 사용하는 것보다 더 큰 효과를 낼 것이다.

'카리스마 스탯에 영향을 받는다면, 해당 스탯이 높아졌을 때 또 다른 효과가 분명히 존재한다.'

무엇보다 크툴루와 관련된 R급 업적을 획득해야만 해금되는 스탯이다. 당연히 다른 어떤 스탯보다 중요도가 높다는 건 말할 필요도 없다.

그다음으로 신경 쓰는 부분 역시 MP 관련 스탯이 아니었다.

오히려 이하가 지금 부족하다고 느끼는 것은, 그 누구도 이하에게 지적하지 않는 공격력이었다.

'일 모레이도 죽일 수 있었어. 다탄두탄의 데미지가 더 높았다면…….'

앞으로 자신이 상대할 대상은 지금까지보다 더 강하다고 봐야 한다.

그들을 상대하기 위해 필요한 것이 바로 파괴력이고, 직접적인 공격력을 올려 주는 것이 민첩이다.

'그리고…….'

아직 확인되지 않았으나 분명히 그들의 행동에 영향을 끼칠 수 있는 스탯, 카리스마가 있다.

'일단 민첩에 850, 카리스마에 100으로 가자. 민첩이 총 7,500이 된다면 다탄두탄이 총 75발. 전부 적중하면 데미지는 무려 567만이야. 두 번 적중이면 1,000만을 넘어가니까 충분하겠지.'

일 모레이라도 이걸 견디진 못할 것이다.

이걸로 예비용 포인트는 GM이 추천한(?) 수준에서 크게 벗어나지 않는 22포인트.

"완벽하군. 올리는 것도 일이긴 하지만."

이하는 스스로 만족해하며 스탯 포인트를 찍기 시작했다.

이하 자신만이 보이는 홀로그램의 캐릭터 창의 작은 플러스 버튼을 계속해서 누르길 얼마나 되었을까.

빠밤—!

갑작스레 울린 팡파르에 이하는 잠시 움찔거렸다.

"엥? 업적—이…… 아니라!? 이게 뭐야!?"

그러나 어리둥절한 건 이하만이 아니었다.

미니스의 국경 검문소에 있던 모든 유저들은 뜬금없이 울린 팡파르와 갑작스러운 시스템 창을 보며 모두 넋을 잃을 수밖에 없었다.

[모두 축하해 주세요! 아이템과 업적을 통한 추가 포인트를 더하

여, 미들 어스 최초로 누적 스탯 포인트 10,000을 초과하는 유저가 등장했습니다!]

[하이하, 하얀 사신, Lv. 296, 퓌비엘 국가 소속]

[다른 유저 분들도 지지 않게 더욱 분발해 주세요!]

한 치의 오차도 없는 기계가 이럴까. 이하의 주변에 흩어져 있던 유저 전원의 얼굴이 동시에 움직였다.

이하는 타이밍을 맞춰 자신을 향하는 수백 개의 눈동자를 느꼈다.

"어어? 자, 잠깐만. 이게 뭐야? 무슨— 엥?"

시스템 창을 정확히 이해하기까지는 조금 시간이 걸려야만 했다.

현재 투자하지 않은 22포인트를 제외하고, 이하의 총 스탯은?!

'근력 912, 민첩 7,500, 지능 690, 체력 464, 정신력 1,000 그리고……. 카리스마 200.'

투자된 포인트 총합 10,722.

빠밤—!

[네가 랭커야? 한판 붙어 보자 업적을 획득하였습니다.]

더 이상의 설명은 필요 없었다. 이하는 그 누구보다 빠르게 외쳤다.

"〈녹아드는 숨결〉."

앞으로 자신에게 쏟아질 온갖 귓속말과 주변의 유저들에게서 벗어날 수 있는 유일한 방법이었다.

Geschoss 8.

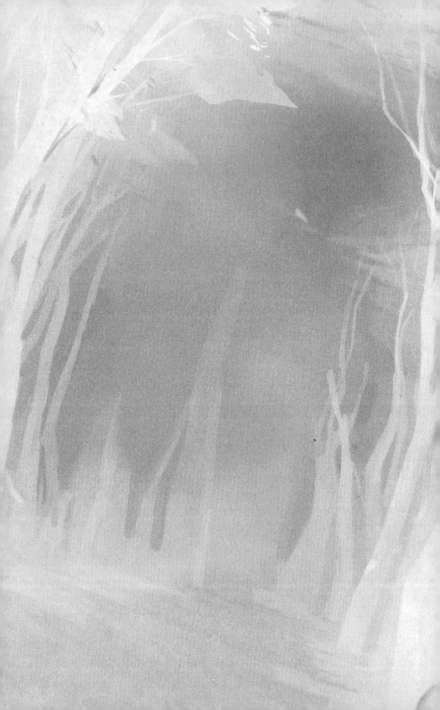

"어디 갔어어어어어!"

"방금— 진짜 방금까지 여기 있었어! 하이하 님! 하이하 님!"

"로그아웃? 로그아웃하신 건가?"

"내가 지금 뭘 본 거야? 이거 뭐지? 이 알람 뭐야!"

혹시나 미니스로 들어갈 방법을 찾을 수 있을까 대기하던 유저들이었다.

장사를 하거나, 퀘스트를 클리어하기 위해 어떤 방법이 생기지 않을까 이곳에 있었던 것뿐이다.

그러나 그들의 눈앞엔 하이하가 있지 않았던가?

"찾아! 찾아!"

"멀리 가지 못했을 거야, 〈디텍트〉!"

알렉산더가 300레벨에 도달했을 때도 미들 어스는 한바탕 뒤집어졌었다. 그러나 그것은 '예정된 수순'이었다.

애당초 레벨을 기준으로 랭킹이 매겨지므로, 기존 랭킹 1위였던 알렉산더가 '만렙'에 가장 가까운 건 당연한 일 아닌가.

누구나 예측할 수 있었던 일과 완전히 뜬금없이, 갑작스럽게 터져 버린 일의 충격은 그 차원이 다를 수밖에 없는 것이다.

이하와 친분이 있든, 없든 그런 것은 중요하지 않았다.

친분이 있는 자들은 복합적인 감정으로 멍하니 시스템 알림 창을 보고 있었고 친분이 없는 자들은 믿을 수 없다는 듯 눈을 끔뻑거리는 중이었다.

"누적 스탯 포인트 일만? 일마안? 내가 지금 몇인데— 아니, 일만이 말이 되는 건가? 기정 씨! 하이하 씨 어디 있어요?"

"키, 키킷— 말도 안 돼. 레벨 업당 획득하는 게 5포, 10레벨마다 5포 추가, 100레벨마다 10포 추가인데— 10,000포인트면 단순 레벨 계산으로 도대체……. 업적을 얼마나 뜯어먹은 거야!"

"처음부터 보통의 인물은 아니라고 생각했지만— 케이, 너희 사촌 형은 정말이지……. 뭐라 말할 수가 없구나."

보배와 비예미, 혜인이 제각기 반응할 동안에도 기정은 잠시 정신을 차릴 수 없었다.

기정의 얼굴은 한없이 일그러지고 있었다.

감탄과 경악 그리고 즐거운 흥분감으로 폴짝폴짝 뛰던 보배가 기정의 곁으로 다가왔다.

마탑의 사수

"기정 씨?"

"크흠! 네, 보배 씨."

기정은 보배에게서 재빨리 고개를 돌렸다.

"뭐 해요? 왜 얼굴 가려요? 방금 인상 찌푸리고 있던 거 맞죠?"

자신의 표정을 들키지 않으려는 그 행동에 보배가 잠시 고개를 갸웃거렸다.

비예미와 징경경이 기정의 곁으로 슬쩍 다가왔다.

"킷킷, 하이하이 씨 혼자 잘나가서 배 아픈가 본데."

"길마 님이 그럴 분은 아니죠."

징경경이 완곡하게 말리는 사이 보배는 비예미를 날카롭게 한 번 째려보고는 다시금 기정을 보았다.

기정은 자신의 팔로 눈가를 비비고 있었다.

"기정 씨?"

"어후우우……. 휴우, 여기가 미들 어스라 다행이기도 하지만, 불편하기도 하네요."

마침내 기정은 고개를 들었다. 그의 얼굴에서 바뀐 점은 하나도 없었다.

보배도 마침내 기정이 뭘 했는지 눈치챌 수 있었다.

"울었어요?"

"우, 울긴요! 누가 울었다고."

"울음을 참느라 그렇게 찌푸리고 있었던 거네, 킷, 하여튼 하이하이 씨나 길마 님이나 정이 많은 사람들이라니까."

"안 울었어요! 나 안 울었는데?"

기정이 필사적으로 고개를 저어 보지만, 그의 얼굴은 다시금 일그러지고 있었다.

미들 어스에서 눈물은 흐르지 않는다.

그러나 북받쳐 오르는 감정마저 모조리 통제할 수 있는 건 아니다.

기정은 다시 고개를 숙였다. 현실에서의 기정은 미들 어스 접속기 안에서 눈물을 주르륵 흘리고 있었다.

감격에 빠진 것은 기정만이 아니었다.

빨치산 요새에 있던 두 자매 또한 자신들의 속성과 같은 반응을 보였다.

얼음 속성의 람화정은 그대로 얼어붙은 상태였으며, 화염 속성의 람화연은 타오르는 불꽃보다 빠르게 로그아웃을 준비했다.

"보, 본부장님?"

"어쩌면 이번이 기회일지도 몰라요. 나 나갔다 올 테니까 나머지 일 좀 보고 있어요!"

"무슨 기회를 말씀하시는 건지……. 아."

자청에게 제대로 된 설명도 없이 람화연은 곧장 나가 버렸다.

그 외에도 이하와 가까운 자들의 반응은 가지각색이었다.

일선에서 조금 밀린 게 아니냐는 비판을 받던 페이우는 이하의 업적 획득 한 방에 황룡 내에서의 입지를 다시금 되찾았다.

'하이하 대협을 믿으라고 하지 않았나'라며 큰소리를 치는 그였으나, 그도 이하의 10,000 스탯 포인트 달성에는 상당히 놀란 상태였다.

크라벤의 드레벨은 '구플 직원치고 너무 티를 내는데'라는 반응을 보였으며 시몬은 황당하다는 듯 혀만 쯧쯧 찼다.

미니스의 수도에서 대기 중이던 라르크와 루거는 조금 전까지 자신들이 무슨 대화를 하고 있었는지도 잊을 정도였다.

"어— 어디까지 얘기했더라. 아! 하여튼 루거 씨가 브라운을 얼른 잡아 줘야 한다는 얘깁니다. 일단 국왕께 허락은 받았지만, 이것도 좀 시한부라서…….."

"음, 아. 그랬나. 응, 그랬지. 30일이라고 했나? 활동 지역은 미니스 전역?"

"어떻게 알았— 아, 내가 이거 얘기했던가요? 퀘스트 형식으로 부여되지는 않을 겁니다. 그건 페널티가 있으니까 그냥 일반적인 기한부 의뢰 느낌으로—."

"알고 있다. 30일이 지나면 미니스에서 우리를 추방해 내는 퀘스트가 미니스 국민들에게 뜰 거라며."

"……그러네. 말했네."

라르크와 루거는 마주 보았다.

두 사람은 동시에 머리를 벅벅 긁었다. 무슨 말을 했고, 무슨 말을 들었는지도 헷갈릴 정도였다.

브라운의 엄청난 폭격으로 도시가 날아가 버렸다는 충격 정도는 오히려 약과였다.

라르크와 루거는 이게 도대체 무슨 상황인지 알 수가 없었다.

'10,000 스탯? 알렉산더는 물론이고 그 어떤 랭커도 도달하지 못한 경지다. 하긴, 당연한 소리를 하고 있군. 최초라고 시스템 알림 창에 떴으면 당연히 하이하 말고는 없다는 얘기지.'

라르크조차 당연한 추론을 다시 한 번 되뇌어야 할 정도로 당황한 상태였다.

루거는 삼총사의 텔레포트 창으로 이하의 위치를 확인하려 했으나 그것도 불가능한 상황이었으니······.

사냥한다는 말도 없었고 특별한 이벤트도 없는 지금, 뜬금없이 10,000 스탯 포인트 달성은 도대체 어떻게 했을까.

'설마 이 병신 같은 놈이 스탯 포인트를 500개씩 쌓아 놓고 있었던 건 아니겠지? 적용되지 않은 스탯 포인트는 카운트되지 않으니까— 이제 와서 스탯을 올리다가······. 아니, 하이하가 아무리 머저리여도 그 정도는 아닐 거야.'

루거는 하이하가 자신의 예상보다 2배 정도 더 머저리 짓을 했다는 걸 영원히 알 수 없을 것이다.

미들 어스의 모두가 놀라 까무러치던 그 순간, 미니스 외곽의 인적 없는 숲속에 있던 한 명의 유저도 눈초리를 가늘게 뜬채 시스템 알림 창을 보고 있었다.

"부히히힛……. 하이하, 정말 서프라이즈하군."

〈미드나잇 서커스〉의 단장, 삐뜨르였다.

〈업적: 네가 랭커야? 한판 붙어 보자 (R)〉

축하합니다! 당신은 순수한 실력의 증진만으로 미들 어스 세계에서 명실공히 최고의 자리에 올랐습니다! 비록 누군가는 여전히 당신에게 수준 낮은 자, 라고 말할지 모르겠으나, 수준과 관계없는 당신의 실력에 대해서 트집 잡는 사람은 없을 것입니다. 아! 설마 그런 사람이 있다고요? 자신의 수준만 믿고 실력은 제대로 키우지 못한 자들이 당신에게 그런 말을 한다면……. 상대해 주세요. 미들 어스는 노력하는 자를 결코 배신하지 않으니까요.

보상: 스탯 포인트 200개

랭킹 10위 이내 유저와 PvP시 추가 데미지 +30%

(누적 스탯 1위 유지 시 적용되며, 이탈 시 삭제되는 업적입니다.)

(명예의 전당이 없는 업적입니다.)

'실력은 스탯, 수준은 레벨이지. 레벨만 믿고 깝죽거리는 놈들을…… 다 발라 버리라는 거군. 은근히 싸움을 유도한다니까. 하긴, 그래야 사람들이 현질도 많이 하고 서로서로 치고

받으면서 골드도 많이 소비할 테니.'

이하는 업적 창을 보며 고개를 저었다.

통상 R급 업적보다도 훨씬 많은 스탯을 주는 것은 물론이고 10위 이내 랭커와 대결 시 추가 데미지까지?

비록 누적 스탯 1위의 자리를 놓치는 순간, 보너스 스탯 포인트 또한 삭제되겠지만 그럴 확률이 적다는 건 이하도 잘 알고 있었다.

'200개 돌파한 자도 거의 없었으니까.'

[업적 콜렉터] 업적으로 업적의 수도 분명히 확인했었다.

문제는 그들이 올린 업적의 수준이라는 건데, 지금까지 상황을 보면 그들은 C급이나 B급 업적 등으로 수를 채웠을 가능성이 높다.

그런 유저와 비교해 보자면 같은 업적 200개라도 질적으로 확연한 차이가 있단 뜻이다.

즉, 당분간은 자신이 누적 스탯 1위의 자리에서 내려오지 않을 거라는 걸 이하는 잘 알고 있었다.

'미치겠네. 가뜩이나 요즘 눈에 띄는데 이것까지 퍼지면…….이제 숨기고 다닐 수는 없겠군. 저격수가 얼굴 팔려 봐야 좋을 거 하나 없다고 했는데…….'

문득 김 반장의 가르침이 생각난 이하였으나 흐름이 이렇게까지 가 버린 이상 막을 수는 없다.

이 상황에서 할 수 있는 최선은 무엇일까. 일반적인 저격수는 오직 사격 실력으로 목표물을 저지한다.

얼굴이 팔린 유명 저격수는?

'얼굴로 목표물을 저지한다. 인터뷰를 하긴 해야겠어. 내가 어디서 활동할 거라고 한마디 툭, 던지는 것만으로도 마왕군은 움직이기 훨씬 힘들어질 거다. 신대륙 동부로 간다고 한다면……. 놈들은 시티 페클로에서 기어 나오지도 못하겠지. 어쩌면 일반 유저들을 더 〈신성 연합〉 측으로 가입하게끔 꼬셔서…… 신대륙 동부로 보낼 수도 있어.'

마왕군 소속 유저들이 이동하지 못하게 발을 묶어 둔 후에 할 일은 하나뿐이다.

'그렇다면 아무런 방해 없이 훨씬 빠른 속도로 마왕의 조각들을 찾아낼 수 있다.'

마왕=마의 파편을 깨우려 하는 마왕의 조각들을 찾는 것.

칼라미티 레기온을 아군으로 만들고, 수없이 많은 1, 2세대 마왕군 몬스터들을 죽였다.

마왕군 소속 유저들도 학살했다.

재접속한 그들이 여전히 마왕군에 남아 있을지는 의문이다.

당장 〈신성 연합〉으로 전향하지 않더라도, 〈신성 연합〉과 마왕군 간 전투에서는 다소 소극적인 모습을 보일 수밖에 없을 것이다.

그러므로 적의 전력이 약화되었는가?

'아니지.'

이하는 그렇게 생각하지 않았다.

적어도 한시름 놓았다는 측면으로는 생각할 수 있지만, 전체적인 마왕군의 전력 저하나 〈신성 연합〉의 승리를 장담할 수는 없는 것이다.

'마왕의 조각 셋이 마왕군 전체에서 차지하는 전력 비율이 최소 80%는 넘을 거야. 나머지는— 어쨌든 20% 미만이다. 얼마 전의 승리는 그 '20%'와의 싸움에서 이겼을 뿐이야.'

그러므로 빠르게 브라운과 엘리자베스를 죽이고 마왕군의 진짜 전력인 마왕의 조각을 찾아 나서야 한다.

이하는 다시 한 번 생각했다.

일이 이렇게까지 진행된 이상, 자신이 인터뷰를 하는 게 옳은 선택이 될 것이다.

자못 진중한 표정으로 고민하던 이하의 입술이 실룩거렸다.

'으히힛, 그럼 어디랑 인터뷰하지? 아, 요즘 살 빠져서 옷도 잘 안 맞을 텐데. 한 벌 뽑아야 하나? 저번 알렉산더 인터뷰처럼 전 세계에 송출되는 거면 스타일도 신경 좀 써야겠지? 피부 관리 같은 건 오번가? 으흐흐훗.'

TV에 나가는 상상만으로도 흥분이 될 수밖에 없는 것이다.

히죽거리며 혼자 웃던 이하는 미니스 측 검문소를 지나 접경지대로 다가오는 한 기사를 보았다.

〈녹아드는 숨결〉 상태였으므로 그 어떤 귓속말이나 대화 소리도 들리지 않았지만, 그가 입고 있는 망토의 문양을 이하는 알고 있었다.

이하는 사람이 없는 구석에 자리를 잡고는 그에게 돌을 휙, 던졌다.

작은 돌멩이에 맞은 기사단원이 얼떨떨한 표정을 할 때, 이하는 바닥에 글을 썼다.

〈라르크가 보내서 온 분이시죠?〉

기사단원이 고개를 끄덕였다.

이하는 작은 화살표를 연달아 그려 그를 유인해 냈다.

일반 유저와 NPC들에게서 충분히 떨어진 후, 그는 〈녹아드는 숨결〉을 해제했다.

"처음 뵙겠습니다. 서 라르크의 명령으로 온, 베르튜르 기사단의―."

"인사는 가면서 하시죠. 어디로 가면 되죠?"

한때의 적국이지만 지금은 대륙 전체에 이름을 떨치게 된 머스킷티어. 이하는 자신을 보며 바짝 긴장한 베르튜르 기사단원을 보며 가벼운 미소를 지었다.

"어차피 지금은 NPC들도 다 대피시킨 상태니까, 마음껏 봐도 됩니다. 근데 보면 뭐 아나? 루거 씨도 이미 녹화 장면은 봤으면서 또 필요한 거요?"

"닥쳐라, 그까짓 화면으로 보는 것과 실제로 보는 건 달라. 어떤 식으로 탄이 쓰였는지, 어디가 폭심지였고, 어디가 파편에 당한 건지, 그을음은 얼마나 퍼졌는지를 파악해야 한다."

"이열~ 전문가 같은데~? 근데 루거 씨는 현실에서 뭐 하는 사람이려나? 폭탄 관련, 뭐 그런 거 하시나?"

"알 거 없다."

라르크와 루거는 무너진 건물의 잔해들을 거슬러 올라가고 있었다. 그들의 뒤를 어정쩡한 폼의 이하가 뒤쫓는 중이었다.

베르튜르 기사단원에 의해 이하는 곧장 라르크에게 안내되었다. 평소와 달리 세 사람은 어색하고 민망한 분위기만을 자아냈었다.

'뭐야, 한마디라도 할 줄 알았더니만……. 알림이 안 떴을 리가 없는데? 아니, 게다가 내 랭킹이 어떻게 됐는지도 분명히 들었을 텐데…….'

라르크와 루거는 이하에게 한마디도 하지 않았다.

도대체 어떻게 된 거냐, 레벨은 몇으로 올랐냐, 누적 스탯 10,000 달성에 필요한 업적의 개수나, 달성 후 발생한 보상은 무어냐.

통상적인 미들 어스 유저들이 궁금해할 만한 모든 질문이 있다.

이하는 여기까지 오면서 그들이 한마디의 질문이라도 하면 곧장 놀려 줄 생각만 하고 있었다.

그리고 바로 그 점을, 루거와 라르크는 잘 알고 있었다.

"절대! 절대 질문하지 마세요. 뭐, 루거 씨가 하이하 씨한테 놀림 받는 모습도 보고 싶긴 한데—."

"뭬, 절대 그런 일 없다. 그 자식이 내 앞에서 잘난 척하는 걸 보느니 혀 깨물고 로그아웃하는 게 나아."

"으흐흐, 이럴 땐 일심동체구만."

그들은 이하가 오기 전부터 '그 사건'에 대해 한마디도 언급하지 않을 것을 약속했던 것!

브라운이 새롭게 폭격한 지역을 둘러보러 올 때까지도 두 사람이 한마디도 않자, 오히려 이하로서도 이야기할 타이밍을 놓쳐 버린 셈이었다.

'쳇, 망할 놈들이야. 가끔 내가 잘하면 좀 잘했다, 하고 부러워할 줄도 알아야지! 라르크 저 인간이야 그렇다 쳐도……. 루거 요놈, 속은 좁아 가지고…… 생긴 건 완전 쾌남인데 하는 짓은 소인배라니까. 얼굴이 운다, 울어, 이 자식아!'

투덜거리는 것은 한 번으로 족하다.

저들이 굳이 축하의 인사나 부러운 티를 내지 않는 건, 그만큼 이번 일이 다급하고 중하기 때문일 것이다.

이하는 라르크와 루거의 의도를 순수하게(?) 해석한 후, 더 이상 그 일에 대해선 생각하지 않기로 했다.

"라르크 씨, 컬러 드래곤 중 한 기가 배리어를 쳤다고 했죠?"

"아? 맞아요. 아마 그린 드래곤이라고 했던 것 같은데."

"그린⋯⋯. 무투파는 아닐 것이고, 아마도 마법사형. 그것도 방어 특화의 마법을 주로 사용하는 드래곤이죠?"

라르크는 고개를 끄덕였다. 그가 사용하는 검은 컬러 드래곤과 연동된다.

이하는 그가 지닌 모든 스킬을 알 수는 없지만, 적어도 〈감싸 안는 '그린'〉이라는 스킬은 알고 있었다.

그린 드래곤의 특성이 자연의 힘을 이용한 배리어를 생성하는 것이고, 그 힘이 가장 유명하기 때문에 미니스 최고 부유 도시에서 그린 드래곤에게 의뢰를 했다고 해석할 수 있는 부분이었다.

"그린이라⋯⋯."

"아, 루거 당신은 어때? 블라우그룬이나 베일리푸스가 쉴드를 치면— 으음⋯⋯. 이 정도 대도시 전역을 둘러싼 배리어였으므로 그 강도는 세지 않았겠지만— 어쨌든, 그걸 뚫고 이 정도로 완파시킬 수 있어?"

루거도 이하의 질문을 들으며 곧장 집중했다.

그는 주변을 둘러보며 긴 숨을 내뱉었다.

벌써 도시를 둘러보기 시작한 지 1시간이 넘었다. 기존의 성주가 있던 내성 주변은 물론, 가장 가까운 외벽까지 걸어가며 폭파된 거리들을 지나치지 않았나.

이하는 루거의 표정을 살폈다. 미세하게 근육들이 씰룩거리고 있었다.

'저런 모습 오랜만인데?'

그는 본능형 유저다.

된다, 안 된다 같은 것은 굳이 계산할 필요도 없이 단박에 답을 이끌어 낸다.

심지어 그 답이 대부분 정답에 근접한 선택일 정도로 날카로운 후각을 지닌 유저다.

'키드가 믿지도 않겠군. 루거가 '생각'을 하고 있다는 게……'

피로트−코크리를 보자마자 얼굴을 날려 버리던 유저를 고민에 빠지게 할 정도의 실력을 가진 적.

이하가 분위기를 환기시켜야 하나 고민하는 순간 루거의 얼굴이 다시 차분해지기 시작했다.

"파괴력이라면 지지 않을 거다."

"파괴력은? 그럼 나머지는?"

"……문제는 [관통]. 아직 내가 배우지 못한 뭔가가 있어."

"그게 무슨 뜻이지?"

"이 공격을 봐라. 브라운은 원거리 포격을 했어. 특수 탄환을 쓴 게 아냐. 내가 쓰는 것과 크게 다르지 않은, 폭약이 있는 포탄이야. 뭐, 어디서 구했는지는 의문이긴 하지만, 어쨌든 그렇다."

"……그래서?"

이하가 고개를 갸웃거리자 루거는 답답하다는 듯 가슴을 쳤다.

"배리어가 있었다고 하지 않았나! 포탄들이 배리어를 후려 쳤으면! 그 배리어가 깨지며 '주변으로 퍼져 나간 그을음'이 반드시 있어야 해! 하지만…… 지금까지 내가 본 것 중에서 그런 건 없었다. 모두 직접적 그을음뿐이었어."

루거는 목청을 높였으나 라르크는 물론이고 이하도 잠시 동안 그의 말을 이해할 수 없었다.

이곳 주변에 터진 그을음과 화염들이 모두 가까운 거리에서 직접적으로만 옮겨진 거라면?

하늘에서부터 떨어졌어야 하는 재 가루 등은 어떻게 되었다는 의미인가.

"아니, 잠깐……. 나, 뭔가 하나 생각날 것 같은데."

"저도 개념은 이해가 가요. 이해가 가는데— 그게 된다고? 세상에 그런 게 있나?"

이하와 라르크는 동시에 비슷한 것을 생각해 내었다. 무언가를 말하려던 찰나, 라르크가 고개를 쳐들었다.

"젠장! 또 폭격이 시작됐답니다!"

"응? 네?"

"제3도시이자— 미니스에서 항구다운 항구 도시는 그거 하나밖에 없는— 빨리 따라와요! '마셀리'로 텔레포트!"

라르크는 곧장 수정구를 발동시켰다. 그러나 당장 오라고 한들 이하는 갈 수가 없었다.

"잠깐! 나 수정구 저장 안 되어 있어!"

"멍청한 놈. 주요 도시는 당연히 저장해 놨어야지— 삼총 사 텔포로 따라와!"

"야이— 가 본 적도 없고, 갈 일도 없다고 생각한 곳까지 어떻게 대비를 하냐!"

라고 말하는 순간 이미 라르크와 루거는 사라진 상태였다.

이하도 곧장 삼총사의 텔레포트를 사용, 루거의 곁으로 떨 어졌다.

미니스 최대의 항구 도시 마셀리, 도시의 상공 전역은 얇고 푸른 배리어가 감싸고 있는 장소.

―――, ―――, ―――!

그러나 배리어와 상관없이 곳곳에선 연속적인 폭음이 울리 고 있었다.

루거는 떨어지는 포탄을 보며 이를 악물었다. 이하와 라르 크도 마침내 루거와 같은 인식을 할 수 있게 되었다.

"아니, 뭐야? 진짜로 저렇게 되잖아! 저게 뭐야? 저럴 수도 있습니까? 뭔데, 저건?"

투덜거리는 라르크의 곁에서 이하가 조용히 읊조렸다.

"……벙커 버스터."

"벙커 버스터? 하이하 씨도 알고 있는 겁니까?"

"네? 라르크 씨가 모르는 것도 있었어요? 하긴, 밀리터리에 관심이 없으면 그럴 수도 있겠군. 저건 벙커 버스터Bunker-buster와 흡사해요! 방공호나 엄폐물 등을 〈뚫고 들어가서〉 본래의 목표물을 타격하는 것!"

이하는 라르크가 벙커 버스터를 모르는 것에 대해 잠시 신기했으나, 오히려 모르는 게 당연한 무기 중 한 종류이기도 했다.

폭발물 중에서도 가장 특이한 형태로 분류될 수 있는 최신 현대 무기 중 하나니까.

'루거의 [관통]이 다르다는 의미가 이것이었어! 파괴력의 문제가 아니라 [관통]의 문제인 것!'

배리어가 터진 흔적은 없다. 배리어에 보호받고 있던 도시는 박살이 났다.

그것을 가능케 할 수 있는 이유? 애당초 탄환이 배리어를 '공격하지 않은' 것이다.

벙커 버스터의 탄두는 목표물을 막고 있는 엄폐물을 관통한 이후에 폭발한다.

'저 배리어가 어느 수준인지 모르지만, 강화 콘크리트 이상의 방어력은 되겠지. 하지만…… 얇다. 내가 어렴풋이 기억하는 초기 벙커 버스터도 강화 콘크리트의 강도라면 5m 이상 관통이 가능해.'

특정 수준 이상의 두께를 뚫을 정도의 운동 에너지를 보유한 채 쏘아져야 하며, 그런 운동 에너지를 보유하고도 엄폐물에 부딪쳤을 때 폭발하지 않아야 한다.

문제는 타깃 인근에서 터지기 전까지 폭약을 보호하는 것인데, 이게 보통 기술로 될 게 아니다.

"꺄아아아악—! 살려 줘요!"

"모두 피해라아아아앗!"

"마왕의 조각이다! 마왕의 조각이 왔어"

그러나 브라운은 그것을 완벽하게 해내고 있었다. 심지어 폭성의 간격은 이하가 듣기에도 믿을 수 없을 정도로 빨랐다.

'한 발이 떨어지는 데 1초가 채 안 걸리는 건가? 엄청난 속도야! 그리고 폭발 반경과 그 파괴력은— 현실의 폭발물 그 이상이다!'

폭성이 열 번쯤 들린 이후 미니스 왕궁이 반파되었다고 했다. 이하는 이제 그 말을 믿을 수 있었다.

이렇게 빠른 속도로, 대피할 시간도 없이 삽시간에 열 발 전후의 포격이 있었다면, 오히려 미니스의 국왕이 살아남은 게 기적이라고 봐야 할 정도다.

"루거! 포격 방향은—."

"2시. 서둘러라."

삽시간에 아비규환이 된 도시에서 루거가 앞장섰다. 이하와 라르크는 루거의 뒤를 따르면서도 힐끗힐끗 하늘을 보았다.

배리어가 도시의 상공을 완전히 뒤덮을 정도로 쳐 있었으나 그 임무는 1%도 완수하지 못하고 있었다.

"라르크 씨! 여기 배리어는 누가 친 겁니까?"

"몰라요! 하지만— 돈이 많은 도시라면 일반 마탑의 NPC
나 마법사 직업군 유저들에게 의뢰하진 않았을 겁니다!"

"그럼—."

"저기! 올라간다!"

라르크는 그 순간 어딘가를 가리켰다. 공중에서 배리어를
향해 둥실둥실 다가가는 자가 있었다.

새하얀 장발을 늘어뜨리고 역시 새하얀 옷을 입고 있는 것
만으로도 그 정체를 파악할 수 있는 존재였다.

"화이트 드래곤!"

"그럴 줄 알았다니까! 제기랄! 그린 드래곤의 배리어도 못
막았다는데 화이트 드래곤이 막을 리가—."

콰아아아아————————ㅇ!

"—엇!?"

그 순간, 처음으로 공중에서 폭발이 일어났다. 이하의 눈으
로도 배리어에 부딪쳐 폭발한 화염이 똑똑히 보였다.

'지금까지는 포탄이 눈에 보이지도 않을 지경이었다. 그런
데 지금은—.'

배리어에 부딪쳐서 터졌다고?

"하! 그래도 대가리는 돌아가는군. 이미 포격 당한 위치를
포기하고 배리어를 합쳤어!"

"과연!"

화이트 드래곤은 합리적인 선택을 했다.

벌써 포격을 당한 일부 지역의 배리어를 걷은 후 자신의 눈앞에 추가적인 배리어를 쌓기 시작했던 것!

루거와 이하는 화이트 드래곤을 보며 소리 질렀다. 이 와중에도 얼굴이 펴지지 않은 것은 역시나 미니스 유저인 라르크였다.

"하지만 배리어의 범위를 줄이면 다른 곳이 위험하지 않을까요? 지금이라도 다시 펴라고 해야 할 것 같은데!"

라르크는 화이트 드래곤이 다소 무모하다고 생각했다.

이 도시가 원하는 것은 화이트 드래곤이 최대한 많은 지역을 보호해 주는 것이었으리라.

어떤 조건으로 계약되었는지 몰라도 저렇게 한곳에 배리어를 모으는 것은 잘못된 일 아닐까.

라르크의 추측에 반대하는 건 이하였다.

"아니, 그렇지 않을지도 몰라요!"

"왜죠, 하이하 씨?"

————, ————, ————!

라르크의 물음에 답하듯 브라운의 포격은 화이트 드래곤의 배리어로 집중되고 있었다.

"브라운은 브로우리스 소장보다 훨씬 더 승부 근성이 강하니까!"

"뭐라고요? 승부 근성?"

"네. 지금 저들은— 생전의 기억과 습성, 전투 기술 그리고 '성격'까지 기반으로 행동해요. 즉, 원래 NPC였을 때의 AI와 크게 다르지 않다는 뜻이죠!"

이하가 확신할 수 있었던 점은 바로 그것이었다.

머스킷 아카데미에서 들었던 브라운에 대한 각종 정보를 기반으로 보자면, 그는 자신을 막는 것을 결코 우회하지 않을 것이다.

'애당초 [관통]인 이유가 있어. 그는— 결코 피하지 않는다!'

"하긴, 생각해 보면 당연한 일이지. 저 새끼는 자기 자식을 살리기 위해 인간을 배신한 놈이다. 애당초 고집과 근성이 없었다면 꿈도 못 꿀 선택이었겠지."

루거는 이하의 말에 십분 동의했다.

카일을 살리기 위해 제2차 인마대전 당시 단 한 명의 인간도 존재하지 않던 신대륙으로 간 NPC들이다.

그렇게 설정된 AI가 고분고분할 리가 없다.

오히려 그들이 고분고분하게 카즈토르의 말을 들었던 것은, 반대로 외골수적인 면이 강하다는 뜻이기도 하니까.

"그렇다면 뭐, 문제는 없겠지만요."

라르크도 더 이상은 반박하지 않았다.

실제로 주변에 대한 모든 포격은 그쳤기 때문이다.

이제 폭염이 휘날리는 곳은 오직 화이트 드래곤의 인근뿐이었다.

세 사람은 화이트 드래곤이 떠 있는 상공의 옆을 빠르게 지나쳤다. 당장 화이트 드래곤을 도울 필요가 없다는 걸 모두 잘 알았다.

'생각보다 든든하다. 브라운은 분명히 이 도시의 완파를 원할 텐데— 화이트 드래곤이 시간을 끌어 줄수록 브라운의 위치를 파악하기 쉬워져!'

이하 또한 머스킷 아카데미에서 들었던 그의 습성에 대해 생각하고 있었다. 루거는 이전에 보았던 도시의 파괴 형태를 말미암아 루거의 공격 형태를 떠올리는 중이었다.

두 사람의 생각은 오직 하나로만 모였다.

"두 사람 다 바로 성벽 위로 올라가요, 내가 설명할 테니까!"

"알았어요! 아 참, 그리고 라르크 씨—."

"루비니는 이미 불렀으니까 빨리 뛰기나—."

이하가 할 말을 먼저 파악하고 라르크는 답했다.

여전히 비슷한 생각을 하는 두 사람이었지만 지금은 그런 얘기를 할 시간이 없었다.

콰아아아아——————————이!

"어?"

"······말도 안 돼. 도대체 어떻게······."

화이트 드래곤은 자신의 전방을 향해 배리어를 쌓고 있었다. 최초로 포격을 막은 이후에도 그는 배리어를 중첩시키는 행위를 그만두지 않았다.

즉, 이하와 루거, 라르크가 한참 달리던 지금쯤은 이전보다 더 두꺼운 배리어가 되었다는 의미였다.

"빌어먹을, 화이트 드래곤이······."

그러나 지금, 그 화이트 드래곤은 땅으로 추락하고 있었다.

브라운의 공격은 세 사람의 상상을 초월한 수준이었다.

이하는 루거와 함께 성벽에 올라섰다.

포격은 다시금 도시를 타격하기 시작했다.

이제 도시를 보호해 주는 존재는 없다. NPC나 유저들의 비명 소리는 거의 잦아든 상태였다.

대피하지 못한 자들은 모두 죽었을 것이다.

전보다 훨씬 다급해진 상황이었으나, 막상 성벽에 올라선 두 사람은 더없이 차분했다.

지금까지와 다르다. 이제부터 자신들이 치러야 할 전투다. 전장에서 흥분은 빠른 죽음을 불러올 뿐이라는 걸 잘 아는 두 사람이었다.

"……보이나."

"아니."

그러나 적은 모습을 쉬이 드러내지 않았다.

〈독수리의 눈〉은 물론, 블랙 베스의 스코프를 활용해 샅샅이 살폈지만 브라운의 모습은 눈에 들어오지 않았다.

'그래, 숨어 있는 짐승이 있어. 〈꿰뚫어 보는 눈〉은 웬만한 엄폐물 뒤의 생명체도 본다. 나무 위에 있는 새나 바위 뒤에 웅크린 여우도 볼 수 있을 정도야. 하지만 지금은…….'

적어도 이하 자신의 시야가 닿는 곳에 브라운으로 추정되는 생명체는 보이지 않았다.

생각할 수 있는 것은 하나뿐이었다.

이하와 루거의 고개가 동시에 돌아갔다. 폭염에 휩싸여 가는 도시를 향한 그들의 눈이 보는 것은 각도였다.

"곡사포인가."

"맞아. 비교적 완만하군. 엄청난 거리에서 쏘고 있는 거야."

가까운 거리에서 포물선을 그리는 궤적이 나왔다면 더 날카로운 각도로 내리꽂혔을 것이다.

그러나 무너져 내리는 건물이 피격된 각도로 보자면 현재 포탄이 날아오는 건 수직보다 수평으로 더 가까운 각이었다.

각도를 파악했다 해도 위치나 거리를 정확히 파악해 내긴 어렵다.

하물며 그 각도조차 명확하게 결정할 수 없는 지금, 두 사람이 할 수 있는 일은 없었다.

'블라우그룬 씨를 불러? 블라우그룬 씨가 포탄을 막아 준다면 브라운은 도시 공격을 멈출 거다. 그렇게 시간을 좀 버는 사이, 이쪽 방면으로 〈고스트 인 더 쉘〉을 써서 접근하면—.'

어느 정도 거리를 알아볼 수 있지 않을까.

당한 화이트 드래곤은 분명 어덜트급일 것이다.

그렇다면 어덜트급이라도 에인션트급 이상으로 마나를 다루는 블라우그룬이라면 쉽게 당하지 않으리라.

고민은 사치다. 빨리 실행하지 못하는 작전은 아무 생각도 하지 않은 것과 다름이 없다.

"음? 저건—."

"아!?"

하지만 이하는 당장 움직일 수 없었다. 루거는 어느 방면을 가리켰다.

외벽 바깥에서 누군가가 빠르게 달리고 있었다.

"루비니 씨!?"

—하이, 하아, 님. 우선 위치를 파악해 드리려고— 라르크 님께 연락을 받아서—.

—네! 말씀 안 하셔도 됩니다. 부탁드려요!

—우선 피하면서, 말씀드리겠습니다.

—네?

———————————……!

그녀는 말이 마치기 무섭게 우측으로 달렸다. 그 순간, 루비니가 있던 자리에 포탄이 떨어졌다.

"우왁! 루비니 씨! 젤라퐁, 가서 보호해 드려!"

[묘오오옹—!]

루비니가 이동하는 것을 마치 보고 있다는 듯, 도시 내부로 떨어지던 포탄은 그녀를 향하기 시작했다.

"뭐야? 갑자기 왜 여길 공격— 아니, 여기를 공격한 게 아닌가!?"

잠시 후 폭연이 걷혔을 때는, 루거마저 눈이 휘둥그레질 수밖에 없었다.

어느새 성벽 위로 올라온 라르크 또한 고개를 절레절레 흔들었다.

포탄은 눈에 보이지 않는 속도로 떨어지고 있다. 보고 피한다는 것은 당연히 불가능하다.

"……정식 직업 명칭은 오라클이지만, 루비니 씨가 왜 〈닥터 둠〉, 〈미래를 보는 자〉로 불리는지 알 수 있는 모습이죠."

그러나 루비니는 포격을 피해 냈다. 그것도 한두 발이 아니다. 벌써 세 발째였다.

"루비니 씨! 위치 확인하면— 바로 도망가세요!

─네, 그럴 예정이에요. 이제 보입니다. 붉은 원의 테두리가 보여요.

어느새 호흡을 되찾은 그녀의 목소리를 들으며 이하는 그녀가 '느긋한 태도로' 포탄을 피하는 것처럼 느껴졌다.

하나 그런 그녀의 발걸음은 잠시 후 삐끗거리게 되었다.

브라운의 위치는 그녀의 예상조차 조금 더 뛰어넘은 곳에 있었기 때문이다.

제아무리 〈꿰뚫어 보는 눈〉, 일반적인 나무나 바위, 간단한 참호 따위의 엄폐물 너머로 적을 볼 수 있는 이하의 눈이라도 볼 수 없는 게 당연했다.

─8.8km, 여기서부터 언덕 세 개를 넘어야 보이는 위치입니다.

벙커 버스터를 초당 한 발에 가까운 속도로 갈겨 대는 브라운의 위치는 무려 8.8km 떨어진 곳이었으니까.

이하가 아무리 공중에 떠서 그를 맞추려 해도, 결코 볼 수 없고, 맞출 수 없는, '언덕 세 개'의 높이와 거리 뒤에서 브라운은 포격하고 있었다.

"아…… 진짜 게임 할 맛 안 나네."

라르크는 팔짱을 낀 채 삐딱한 자세로 섰다. 한껏 반항적인 그의 곁에서도 이하와 루거는 별다른 티를 내지 않았다.

라르크는 두 사람을 보며 볼멘소리를 냈다.

"뭐야, 퓌비엘 아니니까 느긋한 겁니까? 미니스니까 다 터져도 된다?"

"미친놈. 설마 그럴 리가 있나. 벙커 버스터를 곡사로 날릴 때부터 그 정도 거리는 나올 거라 생각했다. 다만……."

"말 그대로 [관통]의 극치네. 게다가 화이트 드래곤한테 바로 집중한 것과, 루비니 씨를 견제한 건 어떻게 알고 했을까? 이 주변에 다른 유저나 몬스터는 안 보이는데……."

전부터 브라운은 엘리자베스 못지않은 사거리를 보였지 않았나. 거리에 대해선 크게 특별할 게 없었다.

그들은 이렇게 당하고 있는 와중에도 자신들이 깨뜨려야 할 또 다른 특징을 파악하고 있던 것이다.

라르크는 두 사람을 보며 옅은 미소를 지었다.

"어차피 이 도시는 끝났고, 우리도 수도로 이동합시다. 그렇게 여유를 갖는 거 보니, 나름대로 방법이 있는 것 같으니까."

한 번 보여 줬으니 됐다. 이들에게 두 번까지 필요하진 않을 것이다.

라르크는 미니스의 또 다른 유저들에게 귓속말을 넣으며 그들을 수도로 불렀다.

이제 미들 어스 시간으로 28일 기한의 [브라운 사냥]이 본격적으로 시작되어야 할 때다.

Geschoss 9.

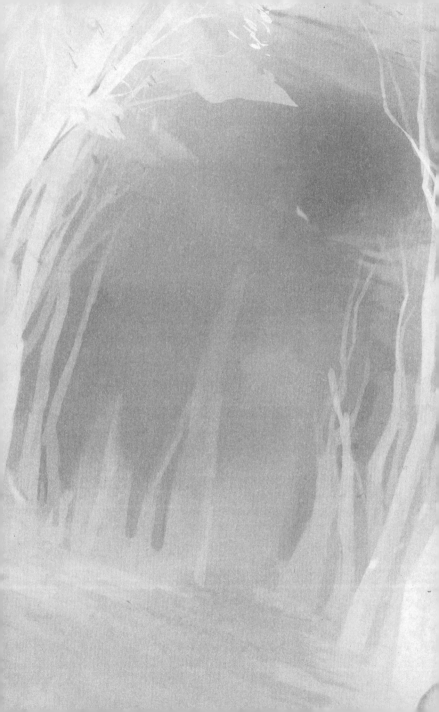

"크흠."

"험, 험."

건장한 체격에 완전 무장까지 마친 사내들이 목청을 가다듬었다.

그들의 눈빛과 목소리가 어떤 뉘앙스를 담고 있는지 이하와 루거는 충분히 알아차릴 수 있었다.

'나나 루거가 아무리 명성이 높고 하더라도 역시……. 이런 반응이 당연하겠지.'

외부에서 만난 적이라면 제법 있다. 신대륙 중앙부에서만 해도 같이 플레이를 했던 적이 있다.

그러나 여기가 어디인가. 그들이 불편해하는 것도 당연한 장소다.

"왜 헛기침을 하는 거지, 한판 붙자는 건가."

"루거! 남의 집 안방에서 무슨 행패야!"

이하와 루거가 있는 곳은 미니스의 수도, 그것도 베르튜르 기사단의 병영 바로 옆에 위치한 숙소였으니까.

이하가 황급히 루거를 말려 보았으나 루거는 자신보다 머리 하나는 더 큰 기사단원 NPC에게 가슴팍을 내밀며 말했다.

"행패는 무슨 행패. 꼬우면 언제든 말해라. 나는 피하지 않는다."

이하는 기사단원의 미간이 찌푸려지는 것을 보았다. 그러나 그들은 역시 수도 방위 기사단이었다.

어쨌든 라르크의 손님으로 온 데다, 국왕의 통행서까지 보유하고 있는 이하와 루거이기에 무례한 행동은 하지 않았던 것이다.

라르크는 이하와 루거를 보며 착석했다.

그곳에는 이미 라르크가 불러 놓았던 미니스의 몇몇 유저들이 모여 있는 상태였다.

"적당히 하고 와서 앉아요, 둘 다. 뭐, 루비니 씨는 인사 따로 할 필요 없을 것이고……."

"그럼 저는 인사할 필요 있나요? 힛, 그래서 어떻던가요? 두 분이 보시기에. 제가 배리어 치면 견딜 수 있을까요?"

가장 먼저 끼어든 것은 성녀 라파엘라였다. 이하가 뭐라 말을 꺼내기도 전, 루거가 먼저 고개를 세차게 저었다.

"웃기지도 않는 말을 웃기려고 하는 건가."

"왜요? 화이트 드래곤의 배리어 중첩이 얼마간이나마 견뎠다면서요? 그럼 저도 할 수 있을 것 같은데……."

"하, 그 화이트 드래곤이 지금 어떤 꼴이 됐는지 안다면 그런 말을 하지 못할 텐데."

"으으, 진짜 그 말투는……."

루거의 말투에 라파엘라는 폭발 직전까지 갔으나 그녀는 더 성질을 내진 않았다. 루거의 '성깔'이라면 그 누구보다 잘 아는 사람들이 바로 미니스의 유저들이었다.

과거 루거는 퓌비엘과 미니스의 사소한 국경 다툼에 빠지지 않고 끼어들어 미니스 유저들의 골머리를 썩게 만든 적이 있기 때문이다.

이하는 잠시 한숨을 내쉰 후, 으르렁거리는 유저들을 진정시킬 겸 자신의 생각을 풀어놓기 시작했다.

"그래도 시간을 벌 수 있다는 점에선 훌륭한 거죠. 루비니 씨가 브라운의 위치를 확인할 때 어떤 방법인지 모르겠지만 브라운은 분명히 루비니 씨를 봤습니다."

"맞아요. 그는 분명 제 위치를 완벽하게 인식하고 있었습니다."

"아마 다음번에도 다르지 않을 거예요. 봤다기보다 인식이라고 본다면, 아마 루비니 씨의 탐색을 읽었다고 보는 게 맞을 것 같은데, 당연히 다음에도 루비니 씨가 탐색을 시작하면─."

"곧장 포격이 날아올 거고, 그걸 제가 막아 주면 된다는 뜻이죠?"

라파엘라의 말을 들으며 이하는 고개를 끄덕였다.

라파엘라의 배리어가 화이트 드래곤의 것보다 조금 더 강하다면, 루비니가 안전하게 탐색할 수 있는 몇 초의 시간을 벌어 줄 것이다. 그것이면 충분하다.

그러면 루거의 포격으로 견제하고 이하가 처리할 수 있다.

'〈고스트 인 더 쉘〉을 쓰면 급속 접근도 가능하고. 공간 결계를 스스로 만들어 내지 못하는 이상, 블라우그룬 씨랑 함께 다녀도 텔레포트나 블링크로 빠르게 다가갈 수 있어.'

일단 접근만 하면 된다.

압도적인 스탯에서 뿜어지는 〈다탄두탄〉을 브라운은 견딜 수 없을 것이다.

이하의 머릿속에 대략적인 개념이 잡혀 가고 있었다. 당연히 그 정도는 라르크도 생각할 수 있을 것이다.

그럼에도 라르크는 턱을 긁적거리며 조금 곤란하다는 표정을 짓고 있었다.

"으음…… 그런 면에서 좀 곤란한 게 있긴 있죠."

"곤란하다고요?"

이하가 물었으나 라르크는 쉽게 답하지 않았다. 그것이 다소 욕심이라는 건 그 또한 잘 알고 있었기 때문이다.

"하이하 네놈이 말한 건 전부 후행이라는 거다."

"오? 루거 씨가 그런 걸 다 아네?"

이하보다 먼저 라르크의 심중을 깨우친 사람은 루거였다. 후행이라는 단어까지 듣고 나서야 이하도 알 수 있었다.

브라운의 위치를 파악하는 건 '그의 공격이 시작된 이후'다.

당연하지만 웬만한 유저나 드래곤이 나서서 막더라도 일정 수준 이상 도시가 파괴되는 건 피할 수 없다는 뜻이기도 하다.

만약 로그아웃 중이라면?

'그렇군, 좋은 방법이긴 하지만……. 수동적인 거야.'

몇 개의 도시가 더 파괴될지도 모른다. 미니스의 입장에서 그것만큼은 사양하고 싶은 일이리라.

잠시 무언가 생각하던 이하의 눈이 커졌다. 순간적으로 떠오른 인물!

"아! 그럼—."

"안 된답니다."

"—으, 응? 내가 무슨 말을 할 줄 알고 그렇게 답해요?"

"뻔하지. 체카? 내가 설마 체카 생각을 안 해 봤을까? 쩝……. 그거야말로 이번 전투에서 주의해야 할 사항인지도 몰라요."

비밀경찰 체카로 하여금 뒤를 파 달라는 의뢰를 하려 했으나, 라르크에게 있어서 그것은 '첫 번째 선택지'였고, 이미 불발로 끝난 시도였을 뿐이다.

"그게 무슨 소리지."

"체카가 말하길, 자신은 사람을 찾는 일밖에 할 수 없다고 하더군요."

라르크는 어깨를 으쓱이며 답했다. 루거와 이하는 그의 답을 듣고도 이해할 수 없었다.

"사람? 브라운은 사람이 아닌—……. 으음, 몬스터라서 안 된다고? 그럴 리는 없을 텐데……."

"예전에 체카 씨가 드래곤도 찾아 주고 막 그러지 않았었나? 그게 안 된다고요?"

"바로 그 점이 나도 궁금한 겁니다. 하여튼 체카가 할 수 없대요. 사람도, 몬스터도 아니라는 건지, 어쩐 건지. 쩝."

그 부분은 라르크도 제대로 설명할 수 없는 점이었다. 결국 체카가 없다면? 기다려야 하는 게 아닌가.

"서 라르크!"

"음?"

"밖에 손님이—."

저벅, 저벅, 저벅……

베르튜르 기사단원 중 한 명이 라르크에게 다급히 보고하려 했으나, 이미 그 대상자는 베르튜르 기사단 내로 들어온 상태였다.

"어—."

"나를 빼놓고 진행할 참이었나, 라르크. 그리고……."

알렉산더는 차분한 동작으로 유저들을 둘러보며 인사했다.

"하이하."

한 사람, 이하를 제외하고…….

알렉산더의 뒤에서 베일리푸스가 옅은 미소를 짓고 있었지만 이하는 그에게 눈길을 줄 수 없었다.

라르크는 재빨리 자리에서 일어나 그들을 환영했다.

"알렉산더 씨! 아니, 연락이 안 되더라니— 내 귓속말 차단해 놓은 거 아니었습니까?"

"음, 그랬나."

"그랬나라니! 얼마나 짜증 났— 에이, 말해 뭣 합니까. 하여튼 어서들 오세요. 베일리푸스 님도 이쪽에 앉으시죠."

라르크에게 자리를 안내받으면서도 알렉산더는 이하만을 바라보고 있었다.

이하는 그 눈빛이 무엇을 말하는지 알 것 같았다. 지금 이곳에는 두 명의 〈1위 유저〉가 있는 셈이었다.

명목상의 최강자, 최고 레벨인 알렉산더.

실질적인 최강자, 최고 스탯을 보유한 하이하.

적대심이라고 볼 수는 없으나 알렉산더가 이하를 강하게 경계하는 것도 당연한 일이었다.

라파엘라를 비롯하여 이 자리에 있는 모든 유저가 알 수 있는 사실이었다.

삽시간에 식어 버린 분위기에서, 웃고 있는 사람은 한 명뿐이었다.

"낄낄낄, 이제야 좀 볼만한 표정이군, 알렉산더."

루거는 알렉산더의 얼굴을 조금이라도 자세히 보겠다는 듯, 고개를 쭉 내밀고 웃는 중이었다.

불난 집에 부채질 정도가 아니라 기름통을 붓는 루거였다.

알렉산더는 도끼눈을 떴다. 루거가 잠시 움찔거릴 정도였으나 알렉산더는 더 이상 움직이진 않았다.

"경쟁에서 탈락한 놈은 입을 다물어라."

루거를 조용히 만드는 건 행동이 아니라 말일 때가 더 효과적인 것을 알고 있기 때문이었다.

"누가 탈락했다고? 이 자식이— 오랜만에 포탄 한 방 먹여 줘?"

알렉산더가 말하는 '경쟁'이 무엇인지 뒤늦게 깨달은 루거가 곧장 일어섰으나 알렉산더는 이제 그쪽을 쳐다보지도 않았다.

그가 이곳에 온 이유는 이하나 루거와 기 싸움을 하는 게 아니었으니까.

"할 얘기가 많지만 눈앞의 현안부터 처리하도록 하지. 브라운을 찾을 방법은 있나."

"퉤, 황금 도마뱀의 마나 탐지는 뒀다 국 끓여 먹을 건가?"

"범위나 구역에 대한 획정도 없이 무작정 마나 탐지를 사용할 수 있다고 생각하나."

"헹, 그거야 조금 전 전투가 벌어졌던 장소부터 찾으면 되는 거 아닌가? 그 주변부터 넓혀 나가면—."

"멍청한……. 미니스는 퓌비엘보다 넓다는 걸 명심하라, 루거."

루거는 열심히 말빨(?)을 세워 보려 했으나 역시 알렉산더에게는 미치지 못했다.

조리 있게 설명하는 알렉산더와 어떻게든 꼬투리를 잡으려는 루거가 티격태격하는 사이, 이하의 머릿속엔 무언가가 떠올랐다.

"브라운은……."

"음?"

"생전의 습성에 의지하고 있어요. 죽기 전의 AI에 설정된 행동 기반 양식과 현재가 별다를 바 없습니다."

"그래서?"

이하는 알렉산더를 보며 웃었다.

브라운이 어디서, 어떻게 움직일지를 알고 나서야 마나 탐지를 사용할 수 있다고?

"다음으로 공격할 도시가 어디인지 대략 감이 잡힌다는 거죠."

그럼 그것을 예측해 내면 되지 않는가.

이하의 말을 들은 라르크의 눈이 휘둥그레졌다.

"그렇네. 근데 하이하 씨가 브라운에 대해서 그렇게 잘 압니까? 오히려 루거 씨가—."

"나도 정확힌 몰라. 저 자식이 저렇게 말하는 꼬라지를 보면 어디서 또 조사를 해 왔겠지."

애당초 브라운의 성격 따위는 관심도 없는 루거였다.

브로우리스라면 모를까 브라운은 그에게 정말 남남이나 다름없는 NPC였다.

"크으, 이럴 땐 예리하다니까. 맞아요, 퓌비엘에서 브라운의 성격에 대해 조사해 왔어요. 아니, 이미 몇몇 분은 눈치채셨을 텐데…….."

이하는 마치 수수께끼를 내듯 말했다. 라파엘라가 성질을 내며 얼른 말하라고 다그쳤으나 이하는 말하지 않았다.

라르크의 눈이 점점 커지기 시작한 것은 약 15초 후부터였다.

"첫 번째 공격은 수도의 왕궁……. 두 번째 공격은 제2도시. 그리고 조금 전 세 번째 공격이—."

"브라운은 요인 암살에 특화된 자가 아녜요. 애당초 미니스의 왕이 죽지도 않았는데 왕궁을 공격한 게 그 증거죠. 그는 오히려 '요지 파괴'에 특화된 자입니다. 가장 중요한 장소부터 파괴해 나갈 거예요."

브라운은 단순하다. 단순한 만큼 파괴적이다.

그리고 효과적이다.

브라운의 포격은 실제로 도시를 파괴하는 효과도 있었으나, 그 이상으로 사람들에게 공포감을 심어 주는 역할도 있었을 것이다.

'상징과 같은 도시들이 무너지니까.'

더 크고 더 좋은 도시가 무너졌는데 중소 도시가 살아남을 수 있을까?

어쩌면 브라운이 노리고자 하는 또 다른 효과가 그것일지도 모른다고 이하는 생각했다.

알렉산더가 잠시 고개를 갸웃거렸다.

"하지만 수도는—."

"수도를 전부 부술 필요는 없죠. 수도가 수도인 이유는?"

"왕궁이 존재하기 때문이지."

수도가 타 공격과 달리 완파되지 않은 것도 이유가 있었다.

그는 자신이 노리는 목표, 가장 효과적으로 타격할 수 있는 목표물만을 우직하고 단순하게 파괴한 후 곧장 포격을 멈췄을 것이다.

"일리 있네요. 실제로 경제 규모나 유통량 등은 제2도시가 더 크죠. 항구 도시였던 제3도시도 경제, 군사적인 측면에서 수도보다 훨씬 뛰어난 장소고. 참고로 수도에 있는 것을 제외한다면 미니스에서 가장 큰 에즈웬 교구 수도원이 위치한 건 방금 파괴된 제3도시였어요."

라파엘라도 이하의 의견에 동조했다.

지금까지의 패턴으로 보자면 다음으로 브라운이 노릴 곳은 명확해진다.

"제4도시, 오트가론의 성주에게 연락해! 그리고 그 주변의 경계와 탐지를 강화하고……."

"그래서 내가 이미—."

라르크가 벌떡 일어나 명령을 내릴 때, 이하는 그의 말을 끊었다.

"아까 연락을 한 사람이 있……, 아니, 사람은 아니구나. 하여튼 있어요."

베일리푸스가 고개를 끄덕이며 말했다.

"……그렇군. 그분께서 오시는 건가."

슈와아아아아……!

그가 말을 마치기 무섭게 이하의 곁에 누군가가 나타났다. 붉은 머리를 단정하게 쪽 찌어 올린 노년의 여성이 유저들을 바라보았다.

"우리 식구들이 다친 이상, 우리도 가만히 있을 수는 없기 때문이지요. 바하무트 님께서는 잘 계십니까, 베일리푸스 님."

"걱정해 주신 덕에 정정하십니다, 플람므 님."

컬러 드래곤의 장로, 에인션트 레드 드래곤 플람므였다.

베르튜르 기사단원 중 몇몇 NPC들은 검을 내뽑았다.

드래곤 종족에서도 대표적인 앙숙 일족들이 마주친 것은 보통 일이 아니다. 미니스의 수도, 그것도 수도 방위 기사단의 숙소에서!

유저들도 NPC들의 행동과 크게 다르지 않았다.

알렉산더와 라르크 그리고 플람므를 직접 부른 이하를 제외하면 모두가 긴장한 순간이었다.

"와 주셔서 감사합니다, 플람므 님."

"나야말로 고맙구나, 하이하 아이야."

이하는 빙긋 웃으며 플람므에게 고개를 숙였다. 플람므는 가벼운 목례로 그 인사를 받았다.

그린 드래곤과 화이트 드래곤이 당했다. 죽지는 않았으나 상당한 상처를 입은 상태다.

컬러 드래곤이 적극 개입하여 처리하는 게 옳으므로 플람므의 행동은 어찌 보면 당연한 것이었다.

하지만 왜 이하에게 고마워하는 것인가.

사람들의 시선이 이하와 플람므 그리고 베일리푸스와 알렉산더를 번갈아 보기 바빴다.

'레드 드래곤이라면 자존심 세기로 유명한 놈들인데…….레이드 하러 가서도 최소 4페이즈 이상 발광하지 않던가?'

'하이하 씨가 메탈 드래곤과 친한 건 알고 있었지만, 컬러쪽과도 저 정도로 친했나?'

'황금 도마뱀 자식도 기분 나쁜 기색이 없어. 그 정도로 친밀도를 쌓아 놨다는 건가? 양측의 친밀도 마이너스 없이?'

그들은 당황할 수밖에 없었다.

메탈 드래곤과 컬러 드래곤이 휴전을 맺었다는 사실은 공식적으로 전파된 적이 없다.

센티널 산맥 인근에서 양측의 수장이 만났다는 인터넷 커뮤니티의 '썰'이 돌기는 했으나, 그것에 관한 비밀을 파헤친 자는 아무도 없었다.

하물며 그들의 화해와 협력의 장을 주도하고 이끌어 냈던 게 하이하라는 사실까지는 전혀 알 수가 없는 것이다.

이하는 썰렁해진 분위기를 깨며, 자신들이 할 일에 대해 다시 한 번 주지시켰다.

"조금 전 연락드린 것처럼, 적이 어디 인근에 있는지는 파악이 된 상태입니다. 그러니까—."

"우리 일족 스물과 함께 왔다. 그 정도면 되겠니."

당연히 컬러 드래곤의 장로는 알고 있었고, 그에 대한 준비까지 마쳐서 온 상태였다.

"좋았어. 그럼 알렉산더 씨, 베일리푸스 님도— 같이 가시죠?"

"물론이다. 그곳에서 보도록 하지."

잠시 후, 미니스에서 네 번째의 도시로 손꼽히는 오트가론의 상공에 스물한 마리의 드래곤이 떴다는 소문이 퍼졌다.

그들의 마나 탐지는 지나가는 개미 한 마리와 알에서 막 깨어난 아기 새를 잡아낼 정도로 촘촘하고 섬세하게 진행되었다.

약 7시간에 이르는 드래곤들의 탐색과 루비니의 주변 스캔

이 실행되고 나서야 첫째 날이 저물었다.

아직까지 브라운의 꼬리는 잡을 수 없었다.

오트가론의 성벽에는 이하와 블라우그룬이 나란히 걸터앉은 상태였다.

"블라우그룬 씨."

"아무것도 없습니다. 컬러 드래곤들에게 연락 오는 것도 없고요."

이하가 굳이 물어보지 않아도 반사적인 대답이 나왔다. 지난 며칠간, 이런 대화를 수도 없이 많이 했기 때문이다.

"으음……. 진짜 여기가 아닌가? 아닌데, 분명히 여기밖에 없는데."

브로우리스 때와 다른 점이 바로 이런 문제였다.

브로우리스는 실제로 수비를 하며, 그가 공격을 개시하면 반격하여 그를 척살하는 게 목표였다.

하지만 지금은?

"왜 털끝 하나 보이지 않는 걸까요? 그 마기인가 뭔가는 흔적도 잘 남는다면서……."

"여기가 아닌가? 혹시 제4도시는 건너뛰고 제5도시, 제6도시— 아니, 사실 미들 어스의 도시들이 그렇게까지 세분화되어 있지는 않을 건데. 보통 네 번째 도시 규모 정도가 넘어가고 나면 그다음부터는 어느 곳이 우위다, 라고 할 수 없이 비교 경쟁력들이 있는 곳이라……."

단순히 인구수로 도시의 랭크를 책정하는 게 아니다.

누구나 인정할 만한 대도시이자 특정 용도를 지닌 곳들이기에 몇몇 도시는 수도 다음 몇 번째로 중요한 곳! 이라며 말할 수 있지만, 그것도 일정 수가 넘어가게 되면 어떤 기준으로 판단하느냐에 따라 나뉘게 된다.

즉, 오트가론이 공격 대상이 아니라면 그다음으로 중요하여 브라운이 노릴 곳을 명확히 찾아낼 수 없게 된다.

미들 어스의 시간으로 벌써 3일째, 오트가론 인근에 브라운의 흔적은 보이지 않았다.

브로우리스가 등장하기까지는 4일이 걸렸다지만, 두 개의 상황이 조금 차이가 있다는 점을 감안했을 때 초조함을 느끼기에는 충분한 시간이었다.

저격수가 가장 불안한 점은 타깃을 맞히지 못할까 봐 걱정하는 게 아니다.

맞히지 못하는 건 실수다.

그러나 자신이 대기하는 지역으로 타깃이 나타나지도 않았다면, 그것은 실수가 아니라 실패다.

실패의 대가는 실수의 대가보다 크게 치러야 한다.

블라우그룬은 중얼거리는 이하를 물끄러미 바라보았다.

"하지만 다른 도시에 대한 공격도 없는 상태입니다. 저는 하이하 님의 추측이 틀렸다고 생각하지 않습니다."

성벽에 걸터앉은 채 흔들리던 이하의 다리가 멈췄다. 지금은 자신이 초조해할 때가 아니다.

어쨌든 다른 도시에 대한 공격이 없는 이상, 현재까지 자신의 추측이 맞았을 가능성이 더 높은 상태다.

"흐…… 고맙네요. 역시 블라우그룬 씨뿐이야."

"별말씀을요."

흔들릴 때 잡아 주는 자신의 파트너 드래곤이 있다는 건 얼마나 행복한 일인가. 이하는 다시금 생각을 가다듬었다.

'브라운의 파괴력이 내 생각보다 너무 뛰어나기 때문에 이런 생각도 드는 거지. 그러니 확실히 잡아야 해.'

브라운의 특징이라고 할 수 있는 점은 무엇인가.

성격적인 면에서 승부욕이 강하다는 것, 도전을 피하지 않는다는 것을 제외하고 현재 그의 공격이 지닌 특징.

'탄환의 제한이 없어 보인다는 것. 실제로 폐허가 된 마셀리에서 포탄과 유사해 보이는 걸 찾을 수 없었어.'

벙커 버스터와 유사한 특징을 지닌 그의 공격이었지만 실체는 남지 않았다.

'공격 속도가 빠른 것과 관련이 있는 걸까?'

루거는 첫째 날 이후 수색에 참여하지 않고 있었다.

오트가론의 성벽 어디든 갈 수 있도록 위치를 지정해 두고

는 홀로 〈아흐트-아흐트〉 스킬을 적용했다, 풀었다 하고 있
을 뿐이었다.

'나한테 말하진 않았지만 분명 연습 중인 거겠지. 브라운이
실제로 나타났을 때, 그곳에 곧장 포격하기 위해서. 그가 나
타난다면 역시 5, 6km 이상 떨어진 장소일 테니까.'

루거가 그곳까지 포격할 수 있는가에 대해서 이하는 묻지
않았다. 그러나 의심도 하지 않았다.

애초에 그 정도 거리까지 닿을 수 없었으면 그는 이 장소에
있지도 않았을 것이다.

문제는 다른 곳에 있었다.

'다만…… 평소와 달리 곡사포 형태로 쏴야 한다는 점이다.
루거가 그것까지도 할 수 있나? 병과가 다른 나조차도 포병의
포 각 계산은 일반 보병들의 탄도 궤적과 다르다는 걸 알고 있
는데…….'

지금까지의 공격 방식과 완전히 다른, 문자 그대로 '포병'의
공격을 수행할 수 있는가.

이하도 그의 2차 전직명이 카노니아라는 것은 알고 있었다.

그것이 포병을 뜻한다는 것도 키드에게 전해 들었다. 그러
나 전직 명칭이 포병인 것과, 실제 포병의 역할을 수행해 본
것은 분명한 차이가 있다.

"어쩌면 우리를 보고 있기 때문일 수도 있죠."

"음? 라르크 씨?"

"방금 도시 배리어 담당 드래곤 교대하는 거 보고 왔습니다. 3일간 배리어 치셨던 플람므 님이 수색대에 직접 참가하시고, 이제 다른 드래곤이 볼 거예요. 아으으, 찌뿌둥하다."

라르크는 기지개를 켜며 이하의 곁에 앉았다.

컬러 드래곤들의 실질적인 보좌역을 하고 있는 그는 언제나 바쁘게 돌아다니는 중이었다.

라르크의 말을 들으며 이하도 어느 정도는 수긍할 수 있었다.

"그쵸. 공격 특성이 아니라면 가장 특이했던 점은 역시 브라운이 '본다'는 점이었으니까."

브라운은 화이트 드래곤이 배리어를 집중시키자마자 그를 집중 공격했다.

루비니가 자신의 위치를 확인하려 들자 곧장 그녀에게 포탄을 날렸다.

어떻게 알고? 주변에 그의 눈이 되어 줄 무언가는 없었다.

"그 비밀을 풀지 못하는 이상……. 브라운이 먼저 나타날 가능성은 적다고 생각하는데. 하이하 씨는 어때요?"

브라운은 드래곤 20기 이상이 이 도시에 몰려 있는 걸 보고 있을 것이다. 그러므로 우리가 모습을 숨기기 전까지 그는 도시를 공격하지 않으리라.

"최악의 경우 다른 도시까지 갈지도 모른다?"

"그럴 수도 있지."

그러나 이 도시를 공략할 수 없다는 걸 알고 있다면 그는 다른 쪽부터 노릴 가능성이 있다.

라르크도 이하가 떠올릴 수 있는 걱정과 가정을 충분히 한 상태였으므로, 이제 이하에게 새로운 판단을 구하려 한 것이었다.

"뭐, 여기서 하이하 씨가 판단해야죠. 브라운의 그 승부욕, 승부 근성이라는 게 어느 정도인지, 정말로 그렇게 고집스러운 NPC라면 공격을 안 할 리가—."

휘이이이이————……!

"—바람—."

이하와 라르크 그리고 블라우그룬의 머리가 흩날렸다. 바람이 불었다.

콰아아아아————————ㅇ!

흩날린 머리칼이 가라앉기 전, 폭음이 울려 퍼졌다.

세 사람의 고개가 동시에 돌아갔다. 미니스의 제4도시, 오트가론의 내성에서 새빨간 화염이 솟아올랐다.

"브라운!"

공격의 주체가 누구인지는 너무나 뻔한 것이었다. 라르크는 당장 자리에서 일어났다.

그의 머릿속에서 갖가지 생각이 꼬였다.

왜 지금 타이밍에 공격했지? 어떻게 공격했지? 어디서 공격했지?

왜 드래곤들이 못 찾았지?

―드래곤 여러분! 다들 어떻게― 공격이― 플람므 님! 아!

드래곤들에게 물어보려던 라르크는, 말을 하던 도중 한 가지 답을 찾아냈다.

라르크의 목소리를 듣던 이하도 눈치챌 수 있는 일이었다.

"플람므 님이⋯⋯."

"배리어 담당에서 교체되자마자―."

브라운은 자신의 공격력과 상대의 방어력의 우위를 '실시간'으로 알고 있다는 의미였다.

"어떻게⋯⋯?"

라르크의 머리는 풀 수 없는 답을 생각하고 있었다. 이하는 그를 바라보며 그룹 채팅으로 소리쳤다.

―도시의 배리어 강화에는 블라우그룬 씨가 투입될 거예요, 컬러 드래곤 여러분과 베일리푸스 님은 마나 탐지 부탁드립니다! 그리고 루비니 씨, 라파엘라 씨도 준비해 주세요!

풀 수 없는 답이라면 지금 생각할 게 아니다.

"잡아 놓고 물어봅시다."

"역시. 그럼 브라운 쪽은 맡깁니다!"

이하의 한마디에 라르크는 곧장 몸을 돌려 달리기 시작했다.

브라운을 찾는 그 잠깐의 시간 동안이라도 도시에서 받을 피해를 최소화하기 위해 노력하는 게 자신의 임무였으니까.

블라우그룬과 라르크가 곧장 자신들의 임무를 수행하러 떠나자, 이하의 곁으로 온 것은 루거였다.

포탄이 날아가며 만들어 낸 풍압이 그들의 머리를 스치게 만들었다는 건, 당연히 포격의 방향이 이하의 정면 측이었기 때문이다.

"위치는?"

"아직."

"병신 같은 드래곤 새끼들, 스무 마리나 튀어 나가서 그것도 못 찾는 건가."

루거는 투덜거렸으나 지금은 이하도 그를 말리지 않았다.

이하로서도 이해가 안 되는 부분이었다.

———, ———, ———!

그 사이에도 폭격은 계속되고 있다.

때맞춰 도착한 블라우그룬 덕분에 도시의 파괴는 멈춘 상태였으나, 배리어 전부를 찢어발길 것 같은 폭염은 계속해서 일어나고 있었다.

—하이하 님— 컬러 드래곤과 연합하여 막고 있습니다

만— 엄청난 파괴력입니다!

—조금만 참아 줘요! 위험하다 싶으면 그냥 포기해도 되니까 항상 조심하고요! 그리고 루비니 씨!

이번엔 굳이 성벽 밖으로 나가지 않았다.

루비니는 라파엘라에게 개인적인 배리어로 추가 보호를 받으며 위치 추적에 애썼다.

—찾았어요! 북북서 전방 6km. 저번보다 가깝습니다. 언덕 약 두 개가량을 넘어가면 나오는 위치에요! 추가 엄폐물이 있는지는 아직 파악이 안 되지만— 개략적인 위치는 그곳입니다!

브라운과의 거리는 예상보다 훨씬 가까웠다.

지난번보다 더 근접한 위치라고? 분명 기뻐해야 할 일이 맞았다.

그러나 이하에게는 알 수 없는 위화감이 들었다.

그것은 루거도 마찬가지였다.

"6km? 그걸 못 찾는다고?"

드래곤들이 못 찾은 이유는?

—아니. 베일리푸스의 마나로도 탐지가 되지 않는다. 분명

이곳 근처로 보이는데.

　―맞아요, 알렉산더 님과 약 700m 거리 차이밖에 나지 않아요! 그대로 동쪽을 보세요!

　"교우여, 동 측 700m 방향으로 무언가가 느껴지는가."

　[……아니. 그곳엔 아무것도 없다.]

　브라운은 드래곤의 마나 탐지에 반응하지 않았기 때문이다.

　"말도 안 돼. 마나 탐지에서 벗어났다? 그럴 수가 있나?"

　"저 안대 년의 지도에는 잡히는데 마나 탐지로 찾을 수 없다고? 황금 도마뱀의 능력이 별 볼 일 없으니 이런 꼴이―."

　―하이하 아이야, 나에게도 그곳에선 아무런 마나도 느껴지지 않는구나.

　그러나 루거의 말처럼 베일리푸스의 능력이 부족한 것은 아니었다.

　컬러 드래곤의 장로이자 바하무트 정도를 제외한다면 모든 드래곤 중 가장 마나 활용이 뛰어난 플람므조차도 브라운을 포착하지 못하고 있었기 때문이다.

콰아아아아─────────ㅇ!

─몇─ 분만 더, 지원을 와 주셔야 할 것 같습니다.

그 와중에도 포격은 계속되었고 블라우그룬의 외침도 점차 강해지고 있었다. 이하는 물론 라르크도 이 상황을 어떻게 타개해야 할지 명확한 방법이 떠오르지 않았다.

컬러 드래곤들의 공/수 비율은 어떻게 잡을 것인가?

수비로 돌리지 않고 차라리 빠르게 텔레포트하여 저곳에서 브라운을 끝장내는 것으로 보면 될까?

고민은 찰나였다.

"하이하."

컬러 드래곤을 어떻게 움직여서 도시를 보호하고, 어떻게 운용하여 브라운을 포위할 거냐고?

〈아흐트-아흐트〉를 끝낸 루거는 더 이상 이하를 바라보지 않았다.

"으, 응?"

"뭐 하고 있나, 등신처럼. 얼른 가라."

이하가 이곳에서 할 수 있는 일이 없다는 것을 루거는 이미 알고 있었다. 그 한마디에 이하는 자신의 방향을 정할 수 있었다.

"포격 잘 해! 나 맞추면 죽는다?"

"맞는 순간 네가 죽어 있을 텐데 나를 어떻게 죽인다는 거지? 훼, 그딴 소리 말고 빨리 꺼지기나 해."

"하여튼— 〈고스트 인 더 쉘〉!"

지금은 브라운을 칠 때다.

오트가론 주변 지도는 이미 머릿속에 입력이 되어 있었으므로 이하는 거침없이 탄환을 쏘아 냈다.

곡사로 쏘아진 탄두는 이하를 6km 전방으로 보냈고, 알렉산더, 베일리푸스 등과 대화하던 이하는 얼마 지나지 않아 그들을 찾을 수 있었다.

플람므와 8기의 컬러 드래곤 또한 그곳에 도착했다.

"역시 공간 결계는 없다. 하지만……."

"마나 탐지도 되지 않는군요."

베일리푸스와 플람므가 깔끔하게 상황을 정리했다. 이하는 곧장 루비니에게 연락하며 실시간으로 위치를 전송받았다.

그들이 모인 위치에서 서쪽으로 약 300m를 달리고 나서야 마침내 언덕 아래에 자리 잡은 무언가가 이하의 눈에 들어왔다.

"브라운……?"

그것이 브라운인지 이하는 잠시 생각해야 했다. 그것은 인간의 모습이라고 보기 힘들었다.

새카만 덩어리라고 표현하는 게 가장 적합하지 않을까?

바닥에 붙어 있는 새카만 덩어리는 대체로 원형처럼 보였으나 그 형태는 시시각각 변하는 중이었다.

유일하게 변하지 않는 것은 길쭉하게 튀어나온 한 부분이었고 바로 그곳에서 포탄이 계속해서 쏟아지고 있었다.

이하와 알렉산더가 외형에 놀랐듯 드래곤들도 놀라고 있었다. 다만 이유는 조금 달랐다.

"……놀랍군."

"이 위치에서도 마나가 잡히지 않다니……."

"정말입니다. 저에게도 마나 탐지가 전혀 되지 않습니다, 장로님."

육안으로 확인이 되는 위치에서도 브라운은 드래곤들의 탐지에 걸리지 않았다.

"어차피 앞으로 탐지할 일 없을 겁니다. 〈플레임 스트라이크〉!"

"〈기가 라이트닝〉!"

"〈화이트 프로즌〉."

"〈다탄두탄〉!"

컬러 드래곤들은 곧장 스킬을 사용했다. 이하도 부랴부랴 블랙 베스를 들어 올려 브라운을 향해 탄두들을 토해 냈다.

스킬이 쏟아지는 그 찰나의 틈, 이하는 보았다.

둥그스름하게 뭉친 새카만 덩어리가 주변의 땅으로 촉수 같은 것을 펼치는 모습이었다.

―――――――――――――――……!!!!

온갖 속성의 온갖 공격은 그대로 브라운으로 추정되는 괴 생명체에 적중했다.

그러나 스킬들의 이펙트가 미처 사라지기 전, 이하는 무언가 바뀌었다고 생각했다.

"안 죽었어? 블랙, 어떻게 된 거야?"

당황한 드래곤들에게 물어봐야 답을 구할 순 없었기에 이하는 곧장 블랙 베스에게 물었다.

블랙 베스는 본질에 대한 타격이다. 제아무리 저런 형태로 생겼을지라도 데미지는 적용되어야 하지 않는가.

─큭큭……. 각인자여, 저것에 대한 공격은 아무런 의미가 없다.─

"무슨 소리야?"

─기브리드와 피로트-코크리 녀석, 아주 재미있는 걸 만들어 냈군.─

"뭔데? 왜 안 죽는 건데?"

─'저것'은 생명체가 아니다. 저것을 움직이게 만드는 동력을 기반으로 뭉쳐진…….─

"……대지와 연결된 키메라로군요. 우리의 공격은…… 이곳의 땅을 황폐하게 만들 뿐입니다."

블랙 베스의 말에 답하듯 플람므가 말했다.

주변의 컬러 드래곤들조차 잠시 그녀의 말을 알아듣지 못하는 듯 혼란에 빠졌다.

"모든 에너지가 대지와 연결되어 있다는 말씀이십니까."

"그렇습니다, 베일리푸스 님. 어찌하여 저런 것을 만들어 낼 수 있는지 모르겠습니다만⋯⋯."

그제야 이하도 눈치챘다.

브라운으로 추정되는 새카만 물체는 변하지 않았다. 변한 것은 그 물체가 있는 주변이었다.

이하가 '무언가 바뀌었다'고 느낀 것은, 이하 자신이 딛고 서 있는 땅을 포함하여 괴생명체가 꾸물거리는 대지의 색이 모조리 변했기 때문이다.

"미친⋯⋯."

조금 전까지 초목으로 가득했던 푸른 땅은 새카맣게 변해 있었다.

그에게 주는 데미지는 모두 '땅으로 흡수'된다는 의미로 해석할 수 있는 장면이었다.

─그래서? 어떻게 됐습니까!

─그걸⋯⋯ 어떻게 죽이라는 거죠? 혹시 저라면? 신성력이라면 가능할까요?

─나는 죽일 수 있어. 휘말리기 싫으면 전부 다 비키라고 해.

실시간으로 이야기를 전해 듣던 유저들이 물었다.

지금도 드래곤들은 스킬을 사용하고 있고, 이하 또한 〈단

하나의 파괴〉스킬까지 사용해 보았으나, 괴생명체에는 아무런 변화도 생기지 않았다.

〈마나 증발탄〉과 〈하얀 죽음〉도 마찬가지였다.

대지를 검게 물들이며 나무와 풀이 죽어 나가는 범위만 더욱 넓어질 뿐이다.

드래곤들과 이하의 공격을 받으면서도 괴생명체는 계속해서 포격을 실시했다. 컬러 드래곤들이 합심하여 방어한 덕분에 도시의 파괴는 멈춘 상태였으나, 그마저도 한계에 다다르고 있었다.

무려 열셋의 드래곤이 만들어 내는 배리어가 흔들릴 정도의 공격력.

그 어떤 공격조차 무효화시키며 땅으로 토해 내 버리는 흡수—방어력.

'말도 안 돼. 이럴 수가 있다고? 마왕의 조각조차 이러지 못했어!'

실질적인 무적이라는 뜻인가?

미들 어스에서 처음 마주친 특성의 적을 어떻게 상대해야 하는가.

브라운이 오히려 드래곤이나 이하 쪽을 공격하지 않고 있다는 게 황당하게 느껴질 지경이었다.

—기정아! 빨리 와 봐! 네 공격, 그 주신 관련 스킬 좀 써 봐

야겠어!

─응? 형? 갑자기?

─빨리! 내 위치 확인하고 바로 튀어 와!

이하는 곧장 기정을 불렀다. 기정이 미니스의 경비병에게 붙잡히는 건 나중의 문제다. 지금 중요한 건 눈앞의 브라운을 놓쳐선 안 된다는 것.

푸른 수염에게도 치명적으로 작용했던 기정의 공격 스킬은 어떤 효과를 낼 수 있지 않을까.

콰아아아아─────────────────ㅇ!

"으앗!"

괴생명체 근처에서 갑작스레 폭발이 일었다. 컬러 드래곤 몇몇이 움찔거렸다.

"안심하셔도 됩니다! 우리 팀이에요!"

이하는 빠르게 외친 후 귓속말을 보냈다.

─루거! 공격 안 먹힌다니까 왜 공격을 해 가지고는─.

─닥쳐, 각도 계산이 조금 안 됐을 뿐이다.

─조금? 적어도 130m 이상 떨어졌어! 그 폭염도 닿지 않을 거리인데 조금은 무슨! 일단 내가 마스터케이 불렀으니까 기다려 봐!

─빌어먹을! 나도 생각이 있다는 말이다! 하여튼 다른 놈

들이 헛짓거리 못 하게 막고나 있어!

이하는 루거의 말을 끝까지 들을 수 없었다.

이하가 조금 전까지 했던 생각과 유사한 생각을 한 유저는 이곳에도 있었기 때문이다.

"모두 비키시오."

알렉산더는 자신의 창을 들고 앞으로 나섰다.

"알렉산더 씨?"

"지금까지 무효화된 공격은 전부 속성 스킬 혹은 원거리였다, 하이하."

처음 상대하는 몬스터에게서 가장 빠르게 패턴을 분류해 내는 것. 알렉산더는 베일리푸스의 힘만으로 랭킹 1위에 오른 게 아니다.

근거리 공격은 반드시 먹힐 거라는 믿음이 그에겐 있었다. 이하도 그제야 눈이 휘둥그레졌다.

'그래, 모든 공격이 무효화되는 건 사기지! 신성력 스킬 관련이나— 근거리는 먹힐지도 몰라!'

알렉산더의 창끝이 빛나고 있었다. 심지어 알렉산더는 신성력 스킬과 유사한 속성의 스킬을 보유하고 있는 것으로 알려져 있다.

그의 공격이라면……!

알렉산더는 언덕 아래로 내달리기 시작했다.

컬러 드래곤들이 알렉산더에게 우려를 표할 정도로 무모해 보였으나, 베일리푸스나 플람므는 그를 막지 않았다.

"이것이 너의 마지막이다. 다시 무로 돌아가거라, 브라—."

슈우우우우우······!

알렉산더의 공격은 분명히 효과적일 것이라 이하는 믿었다.

"어?"

괴생명체의 몸이 땅으로 흡수되고 있었다. 순식간에 일어난 일이었다.

새카만 땅속으로 녹아들듯, 괴생명체는 곧장 사라졌다.

"땅속으로 들어갑니다, 장로님! 저건—."

"여전히 마나 탐지는 되지 않습니다!"

"······도망간 건가."

알렉산더의 창은 허무하게 허공을 찔렀다. 황폐하게 썩어 버린 땅만이 이번 전투의 결과를 보여 주고 있었다.

콰아아아아——————————ㅇ!

그리고 잠시 후, 알렉산더에게서 약 77m 떨어진 위치가 터져 나갔다.

드래곤들은 잠시 말을 잇지 못했다. 이하와 알렉산더도 마찬가지였다.

―크아악! 알렉산더, 이 병신이! 내가 죽일 수 있다니까 왜 나섰나!

루거가 그룹 채팅으로 떠들고 있는 동안에도 그에게 대꾸하는 사람은 아무도 없었다.

"⋯⋯생각보다 더 심각한 일이군요."

"원거리 공격이나 속성 마법은 먹히지 않고, 그에 더해 근거리로 상대하려 한다면⋯⋯."

"그대로 사라져 버린다니⋯⋯."

이것을 어떻게 막을 수 있는가.

―뭐야, 에윈 총사령관이 틀린 말을 한 것도 아니었네요.

―네?

―그거야말로 '천재天災' 그 자체였네. 어쩐지, 미들 어스 AI가 괜한 말을 할 리가 없지.

그것은 일찌감치 예견된 재앙이었다.

"근거리는 그나마 먹힐 것 같지만 더 심각한 건, 먼저 찾는 게 불가능하다는 거죠. 만약 이번 공격에서 브라운의 공격 패턴이 바뀐다면⋯⋯."

더 이상 제4도시, 오트가론에서 대기하는 것도 무의미해질 것이다.

마나 탐지가 안 되는 컬러 드래곤들을 도시 방어에만 돌린다 해도, 턱없이 부족한 숫자다.

[부히히힛……. 먼저 찾기만 하면 해결할 수 있다는 얘긴가.]

"감히, 모습을 드러내라!"

갑작스레 들린 목소리에 컬러 드래곤들이 노성을 토해 냈다.

반사적으로 사용된 그들의 마법이었으나 막상 목소리가 들린 곳에는 아무런 생명체도 반응하지 않았다.

"광대인가."

"삐뜨르?"

그러나 알렉산더와 이하는 들려온 목소리만으로도 누구인지 알 수 있었다.

알렉산더가 무어라 말하기 전, 이하가 먼저 말했다.

"당신! 어디 있다 온 겁니까? 파우스트를 죽이는 계약을 했으면 어떻게 처리했는지까지 말해 줘야 하는 거 아녜요? 파우스트를 죽인 거야 인정하겠습니다만 그렇게 툭 사라져 버리고 연락도 안 된다고 라르크에게 들었ㅡ."

[내가 먼저 묻지. 내가 그 괴물을 찾아내면, 죽일 수 있냐고 물었다.]

라르크를 대신해 삐뜨르를 몰아치던 이하는 입을 다물었다. '먼저' 묻는다?

〈미드나잇 서커스〉의 단장은 무언가 숨기고 있다.

아니, 그가 파우스트를 죽이자마자 잠적했을 때 이미 눈치챌 수 있었던 사실이다. 그는 무언가를 숨기고 있다.

"……만약 그렇다면?"

이하는 그가 숨긴 비밀을 캐내고자 했다. 그 비밀이 '무엇'인지도 어느 정도 뻔한 사실이었으니까.

[그렇다면 만나도록 하지. 부히히힛……. 오트가론에서.]

브라운을 죽이고자 모였던 유저들은 새로운 국면에 접어들었다.

《마탄의 사수》 48권에 계속

마탄의
사수

토이카_ 죽지 않는 엑스트라

'믿고 보는 토이카'가 여는 새로운 모험의 세계
살아남고 싶은 엑스트라의 유쾌한 반란이 시작된다!

던전 도시를 다스리는 셰어든 후작의 둘째 아들, 에반 디 셰어든.
유복한 환경에서 넘치는 사랑을 받으며 자란 철부지 소년 에반은
어느날 자신의 전생이 지구인 여반민이었다는 사실을……
그리고 여반민의 29년 삶의 기억 속에는,
지금 그가 사는 세상과 똑 닮은 게임인
〈요마대전 3〉에서 허무하게 죽어 나갔던
'엑스트라 에반'도 포함되어 있었다!

"절대로 죽지 않을 테다. 절대로!"
에반은 과연 죽지 않는 엑스트라가 될 수 있을까